ベリーズ文庫

孤高のパイロットに純愛を貫かれる熱情婚
～20年越しの独占欲が溢れて～

宇佐木

目次

孤高のパイロットに純愛を貫かれる熱情婚
~20年越しの独占欲が溢れて~

1. 唐突な、甘いキス

ピンポーン、という音が完全に消えてから、私はひとつ息を吐いた。

肩にかけていたバッグの中に手を入れ、感触だけでキーケースを取り出す。

「え、と……これだ」

このあたりで一番目立つ、ホテルライクのオシャレなマンション。そのエントランスの前で独り言をこぼしながら一本のキーを摘まむ。シリンダーの鍵穴に差し込んで回すと、目の前の大きな自動ドアが左右に開いた。

迷うことなく歩みを進め、エレベーターホールに向かう。エレベーターに乗り込んで最上階のボタンを押すと、ポケットからスマートフォンを出してアプリを開いた。

今は午後七時半を回ったところ。十数分前に送ったメッセージは未読のまま。

スマートフォンを再びポケットに戻し、磨かれたエレベーターの扉に薄《う》っすら映る自分と向き合った。

きっちりと後ろにひとまとめにした、冴えないヘアスタイル。メイクもさらっとしかしていないこの容姿で、高級マンションに来るのって気が引ける。

無意識に俯いて悶々としているうち、十五階に到着した。それから、廊下の最奥にある玄関を目指す。エントランスでも鳴らしたけれど、ダメ元でもう一度インターホンを押そうとしたら、施錠を開ける音がした。

ドアの隙間から見えたのは、上半身裸で頭からバスタオルを被っている男性——佐《さ》伯《えき》蒼生《あおい》だ。

百八十センチ以上ある長身と、引き締まった身体、少し赤らんだ頬。バスタオルと一緒に濡れた黒髪をかき上げて、モデルみたいに端整な顔を露わにする。

私には持ちえない色気に当てられて、恥ずかしさでうろたえた。

「ちょっ……」

「お疲れ。ごめん、風呂に入っててメッセージ気づくの遅れた」

こっちは半裸の幼なじみにどぎまぎしているっていうのに、蒼生は至っていつも通りだ。

三歳からの付き合いなのに、今さらこんなふうに動揺するのは、大人になった蒼生があまりにカッコよすぎるせい。

濡れた前髪から覗く、凛々しい瞳。理知的な眉、通った鼻筋。肌も歯並びも綺麗で、どこぞの芸能人みたい。いつの間にか身体つきも目を奪われるような美しい筋肉をつけていて、ドキリとしてしまう。

昔から整った顔立ちではあったけれど、こういうセクシーさはなかったんだもの。

「お、お疲れ様！　こっちこそ、ごめん。お風呂に入ってたんだね。てっきり寝落ちしてるものだと思って、鍵使わせてもらっちゃった」

「ああ。寝落ちしそうだったから、帰ってすぐ風呂に入って目を覚ました」

蒼生はこちらに背中を向けて言った。私は靴を脱ぎ、彼のあとに続く。数歩進んだあたりで、蒼生はふいに後ろを振り返った。

「鍵、やっぱり持っててよかっただろ」

上半身を屈め、こちらを覗き込む濃褐色の瞳に見つめられるとドキッとする。そして、得意げにささやく低い声に、心臓がきゅっと締めつけられる。

「ん……。あの、さ。早く服着てよ」

目のやり場に困ってそっぽを向き、ぼそりと訴えた。

「あー、悪い」

蒼生は軽く頭を掻きながら自室へ消えていく。ひとりになってようやく肩の力が抜ける。「ふう」と息を吐いてリビングへ移動した。

ここは蒼生の自宅マンション。

偶然か必然か、このマンションと私の職場は目と鼻の先。だから訪問するにはとても便利で、お互いの仕事の都合がつく場合には、こうして訪れては一緒に食事をしている。

ここへ来る理由は、蒼生への食事の提供及び生存確認。

〝生存確認〟は大げさだけれど、蒼生の両親が、まったく連絡しない息子を皮肉めいてそう表現している。蒼生の両親からお願いされているのもあって、頻繁にここへ足を運んでいるのだ。

私、名取《なとり》夏純《かすみ》と蒼生は昔から家族ぐるみで仲が良く、同い年で高校まではずっと一緒だった。その後は進学先が別々になって生活する場所も離れたが、もはや家族同然だったため距離があっても交流はあったし、お盆やお正月など行事ごとに必ず家族で会っていた。その結果、もう二十五年も関係は変わらず続いている。

キッチンに入り、手を洗いながらぼんやり考える。

一般的に、二十八歳にもなった男女がこんな生活を続けているのはめずらしいと思う。いくら兄弟同然と言っても、実際は家族でも親戚でもないわけだから。

恋人同士……とかであれば、自然に見えるだろうけれど。

『恋人』という単語から、ふと、合い鍵を渡された時のことを思い出し、赤面する。

蒼生に対して、数年前から自分の心境に変化を感じていた。〝家族同然の幼なじみ〟よりも〝特別な感情〟の割合が大きくなっているのでは、と。

だって、蒼生は変わったから。……いや。変わったというか、大人になった。

たとえば、さっきのような無意識ながらに振りまかれる色気とか、筋肉質な身体とか、アンニュイな仕草とか。

明確なきっかけは、この合い鍵だ。

いくらなんでも、合い鍵は……いろんな意味を探ってしまって。

今さら私たちの間にそういう男女の甘い空気など流れるわけがないと思っていても、ふいにドキリとさせられる。

そう、〝今さら〟……。

流れるように高校三年生の冬を回想していると、手元に影がかかって我に返った。

「夏純、今日は残業なかったんだ?」

肩が触れる距離に立たれ、心臓が大きく跳ねた。しかし、平静を装って返事をする。

「うん。急患もいなかったし。日勤の時より、なぜか夜勤の方がバタバタする気がするよ。あれってなんなんだろ」

さりげなく蒼生から離れ、買い物袋の中身を出す。その間、蒼生は手を洗い、タオルで拭っていた。

私は看護師だ。三年制の専門学校を卒業後に働き出して、今年で八年目。現在、千《ち》葉《ば》県にある大学病院系列の総合病院に勤務している。診療科は二十以上ある大きな病院で、その中の脳神経外科の病棟に配属されている。

「そういう予測できない仕事っていうのは、つくづく大変だな」

蒼生が真剣な声で言うものだから、目をぱちくりさせる。

「そうだけど……蒼生も似たようなものじゃない。神経使う仕事でしょ？　大勢の命を預かっているし」

私がジッと見つめてそう返すと、蒼生は「確かに」と一笑した。

蒼生の仕事は旅客機のパイロット。

航空大学校《こうくうだいがっこう》を受験するにはいくつか条件があり、うちひとつが、大学に二年以上在学し、修了見込みがあることらしい。そのため、蒼生は大学三年生になる前に、航空大学校を受験。無事に合格し、入学した。

それからトントン拍子で大手航空会社『ＵＡＬ』こと『ユニバーサルエアライン』に就職し、現在は約四百席ある大型旅客機のFirst・Officer――略して『ＦＯ《エフオー》』……いわゆる副操縦士だというのだから驚きだ。

蒼生は小さい頃からなんでも飄々とこなすタイプだった。とはいえ、さすがにパイロットは特殊な仕事で、そもそも容易になれるものではないことくらい私にも想像できた。それなのに蒼生は、まるで人生ゲームで職業を選ぶかのごとく、急に『パイロットになる』と言って実現させたのだ。

それには、蒼生と長年の付き合いがある私も、さすがに驚愕した。

そして、ちょうど私が今の職場で働き始めた頃に、成田《なりた》国際空港発着の国際線を担当することも多くなってきたからと、蒼生も千葉にマンションを借りている感じだ。

「無事に着陸したあとは、心底ほっとするからな」

「だよね。私も仕事を終えて無事に家に着いたら、ほっと気が緩むもん」

ふたり並んで野菜の皮を剥きつつ、会話を続ける。

「今日はシカゴから帰ってきたんだったよね。頻繁に時差に振り回されるのって、やっぱり大変そう。身体は大丈夫なの？」

「慣れもあるし体質もあるかもな。俺はわりと早めに慣れて平気。夏純のシフトだって同じようなもんだろ」

「んー。まあそう言われればそうなのかな。基本的に夜勤の次の日は休みとか、確かに蒼生と似てるかもね」

「俺も長期フライト後は休暇って決まってるからな」

私の職場は、日勤と夜勤の二交代制。日勤は朝八時半から午後五時、夜勤は午後四時半から朝九時までという勤務形態だ。

ちなみに今日は日勤だったのだけれど、毎日なんだかんだと持ち場を離れられるのは午後六時を過ぎる。そこから、勤務先のそばにある寮に戻ってシャワーを済ませ、スーパーで買い物をしてここへ来た。

「それより、夏純こそ体調管理ちゃんとしてるのかよ」

「平気だよ。丈夫なのが取り柄だし……な、なに？」

ふと蒼生の視線が刺さるのを感じ、手を止める。

「確かに寝込むほどの病気はしてないけど、夏純は昔から自分を後回しにしすぎ。時々無理してるの、周りにバレてなくても俺にはバレてるからな」

「えぇ？　大げさだよ」

「今はまだ『大げさ』で済んでても、そのうち無理して倒れたりするかもしれない」

「はいはい。気をつけます。っていうか蒼生こそ健康管理気をつけた方がいいのに」

小さなまな板をふたつ置いて野菜を切る。広いキッチンだからできることだ。私の寮だと、大人ふたりが並んで包丁を持つのは厳しい。

私は玉ねぎ、蒼生は人参を切っていく。時折、チラッと蒼生の包丁さばきを見る。だいぶ様になってきた。元々料理しないタイプだった蒼生が、社会人になって私と一緒に食事をとるようになり、キッチンに立ち始めた成果だと思う。

「夏純、手が止まってる」

「え、あ！　ごめん！」

「なに？」

慌てて自分の手元に意識を戻すなり、蒼生が耳のそばでささやく。

本当は声をあげたいくらいの衝撃を受けたけど、どうにか堪《こら》えて笑顔で返す。

「ううん、なんでも！　並んで作業しててもやりやすいのは、蒼生が左利きだからなんだな～と思って！」

「ふうん」

もう……。蒼生ってなんかこう、距離感が時々近いんだよね。心臓に悪いよ。

そうこうしながら、調理を始めて約一時間。

火にかけていた圧力鍋も錘《おもり》が落ち、ふたを開けられるようになった。ちょうどご飯も炊けてタイミングはばっちり。

「よーし、あとはにんにく、生姜……コーヒーも少し」

最後に味見をして完成したカレーを器によそい、私たちはテーブルに向かい合って座った。

今夜はカレーライス。付け合わせにはグリーンサラダと、わかめのスープ。

今日みたいに、お互い一緒に作れそうなシフトの時は、カレーライスが多い。

「美味しい〜。もう、夕方頃からずっとお腹空いてたんだよね」

「夏純はもっと食べた方がいい。就職してからだいぶ体重落ちただろ」

ふたりとも小さい頃からの決まりで、食事中はテレビなどつけない。だから自然と一緒にいる人との会話が弾む。

「そうだけど……でもせっかくだから増やしたくはないなあ。歳をとるにつれ、落ちにくいって聞くしさ。肌とか髪とかボロボロだし、せめて太るのは避けたいかな」

自虐気味に愚痴をこぼしながら、スプーンでカレーライスをすくう。大きな口を開けてスプーンを咥《くわ》えようとした矢先、蒼生がさらりと言った。

「そんなの気にしなくても夏純は可愛いよ」

信じられない言葉に目を見開き、頬張る寸前だったカレーもお皿に落としてしまう。

蒼生は照れるでも笑うでもなく、飄々とした……いや。真剣な面持ちでこちらを見ている。

そっちは冷静でいられても、こっちは無理。絶対に今、心を揺さぶられているのが顔に出てるはず。

「いや、ちょっ……もう、嘘ばっかり！　お世辞言ってもなにも出ないよ。カレーくらいしか、なんて」

「夏純のカレーは好きだからうれしい」

どうにか笑ってごまかしたのに、蒼生は涼しい顔をしてそんなことを言ってくる。

「ホ、ホント好きだよね、カレー。まあ、私じゃなくてお母さんのレシピだけど」

とうとう蒼生と向き合っていられなくなり、視線を落としてさっき食べ損ねたカレーを口に入れた。咀嚼しながら、ふと思う。

あれ？　でも蒼生が外でカレーを食べているところって見たことない気がする。

すると、蒼生も再びスプーンを口に運び始め、ぽつりと漏らした。

「彩夏《あやか》さんのレシピで作る夏純のカレーが好きだ」

そのひとことに、胸の奥がじんと痺れる。

〝彩夏〟とは、私の母の名前。蒼生は、小さい頃から母を『彩夏さん』と呼んでいた。

呼んで〝いた〟と過去形なのは、母はもう亡くなっているからだ。

十三年前の初夏——私たちが中学三年生の時に。突然、なんの前触れもなく。

母の秘伝のレシピは、インスタントコーヒーを入れるというもの。生前、母から教えてもらった隠し味だ。入れると、やっぱり味わいが違って感じられる。

私は母のカレーと笑顔を思い出し、カレーをまた頬張った。

この味をいつでも味わえると信じて疑わなかった。

家族三人で過ごす日々も、隣の家の蒼生たち家族と一緒に出かけたり、ご飯を食べたりするのも。全部当たり前のことで、いつまでも続くものだ、と。

しかし、母がいなくなり、蒼生も航空大学校へ通うとなって離れ離れになり〝日常〟とは永遠ではないのだと思い知った。すごくつらく悲しいけれど、それが現実で、摂理なのだ。

だから私は、蒼生とふたりでカレーライスを食べながら、母を思い出しているのかもしれない。せめて記憶が薄れてしまわないように、色褪せないように。

「うん。私も好き」

蒼生の感想に同調し、切ない感情にふたをする。

それから、テレビを観ながらたわいのない会話をする。すると、あっという間に時間が過ぎる。

時計の短針が十を指そうとしているのを見て立ち上がった。

「もうこんな時間！　私、これ片づけたら帰るね」

お皿やカトラリーを持って、慌ててキッチンへ向かう。腕まくりをして蛇口から水を出そうとしたら、腕を掴まれた。

「いい。これくらい俺がやる」

「でも、いつも任せっぱなしだから」

「それより、泊まっていけば？」

「は……？」

予想外の提案に固まってしまった。

泊まっていけばって言った？　確かに昔はよく行き来してお泊まりしていたけれど、それは小学校低学年くらいの話。さすがに今は……。

「いやいや。だって寮すぐそこだもん。家がめちゃくちゃ遠いわけでもないのに」

一歩離れて笑って返すも、蒼生はジッと私の目から視線を外さずに即答する。

「それは、家が遠かったら泊まっていってたってこと？」

「え？　いやぁ……それは……どうかな」

どうしてそんな深く切り込んでくるのよ。蒼生の考えが読めない。

単純に幼なじみとして……家族として、よかれと思って言ってくれているのか。それとも、もっと特別な理由で——。

「っていうか、なに？　急に。そんなこと今まで一度も」

「言ったことはなかったな。けど、いつも思ってた」

握られている手首が熱い。まっすぐ私を見つめる双眼にも、胸が騒がしく音を立てる。心臓が飛び出しそうで我慢できなくなり、咄嗟に蒼生の手を振りほどいた。

「と、とにかく、帰るから！　蒼生、長距離フライトで疲れてるんだし早く寝……」

最後まで話し終える前に、蒼生の口から「はあ」とため息がこぼれ落ちた。

さっきから緊張状態でいるせいで、そんな些細な反応にも過剰に意識し、小さく肩を上げた。

怖くて蒼生を見られない。怖いといっても、恐怖とかそういうのではなくて……。

ひとことではうまく説明できないけれど、とにかくいつもみたいに向き合えない。

「送ってく」

おどおどとしている私に、蒼生はしれっとそう言った。

蒼生の声や雰囲気が元に戻ったのを感じ、やっと肩の力が抜ける。

「いつも悪いし、気持ちだけもらっとく。近いから本当平気だよ」

「近いから絶対に安全なんてことないだろ。ほら、帰るなら支度して。それとも、やっぱり泊まる？」

「じゅ、準備する！」

キッチンから飛び出して慌ただしく準備を済ませる。そして、蒼生と一緒にマンションをあとにした。

寮まで約十分の道のりを並んで歩く。

蒼生のマンションに行ったら、必ずこうして帰りは送り届けてくれる。しかも、蒼生は私がちゃんと部屋に戻って窓から顔を出すまで、外で待っているのだ。

窓を開けると、やっぱり今日も蒼生は定位置に立っていた。

視線がぶつかっても、気恥ずかしくて大きく手を振ることはできない。遠慮がちに胸の高さで小さく手を振った。すると、蒼生は右手を軽く上げ、背中を向けて帰っていった。

蒼生の姿が見えなくなるまで窓際に立つ。

後ろ姿もスタイルがいいな、なんて思いながら密《ひそ》かに見送り、ふいに過去の告白を思い出した。

――『俺は夏純が特別だから。ずっと』

高校三年の六月。

その日は母の祥月命日で、蒼生とお参りへ行った。父は仕事で忙しかったから。帰り道、自宅目前というところで、急に蒼生に腕を掴まれた。そして、真剣な目を向けられてそう言われたのだ。

昔もらった言葉なのに、思い返している今もあの時と同じ、速い鼓動を感じる。左胸に手を当てて、すうっと大きく息を吸った。

『特別』だと言われてうれしくないはずがない。それも、自分にとって大切な人からそんなふうに伝えられたら当然。

しかし、私は蒼生の好意を受け取らなかった。いや、受け取れなかった。

「なに考えてるのよ……今さら」

ひとりなのにわざとらしく声を出して、窓を閉めてカーテンを引いた。


翌日も変わらず仕事。

始業時刻前に職場に着くのはいつものことだ。

今日担当の患者さんの情報収集を電子カルテで行い、その後、薬剤の準備や申し送りなど、日々のルーティンワークをこなす。

今、私が勤務している脳神経外科病棟はその中でも大きくふたつに分かれている。

手術や集中的な治療が必要な患者さんを扱うのが急性期病棟、そして、急性期治療を終えた患者さんは、回復期リハビリテーション病棟へ転棟する。

私は後者の担当で、患者さんの体調の変化を見つつサポートしている。

就業中は、ほかのことなど考えられないくらい忙しい。

時間が決まった薬や検査、手術前の準備・確認や入退院患者の案内など、暇な時間なんかないほど。毎日、病室へ行く前にその日のタイムスケジュールをざっと組むものの、その通りにうまく進むことはない。

急患が入ったり、業務中に患者さんから頼まれごとをされたりと、常にイレギュラーなタスクが重なっていく。

バタバタと仕事をしていると、あっという間に定時を迎えた。

定時といっても、時間ぴったり上がれるわけではない。夜勤のスタッフと交代したあとは、患者さんひとりひとりの記録をデータとして残さなければならないのだ。

ナースステーションで記録作業を終え、ようやく病棟をあとにしたのは定時から一時間過ぎた午後六時。

六階のロッカールームに入るなり一気に気が抜け、ぼーっとしながら私服に着がえる。途端に、仕事前まで考えていた蒼生のことが頭に浮かんだ。

蒼生は今日も休みだから、きっと待ってる。

なにも深く考えず、これまで通りに接すればいいだけのこと。ずっとそうして姉弟のように過ごしてきたじゃない。

心の中で自分に言い聞かせ、目を瞑った。すると、瞼の裏側に昨日の蒼生がスッと浮かんできて、精神統一の邪魔をする。

「夏純ちゃん？　どうしたの？　体調悪い？」

その時、突然声をかけられて目を開けた。私の顔を心配そうに覗き込んでいるのは、スクラブ姿の先輩だ。

「あっ、真柄《まがら》さん！　お疲れ様です。ちょっと考え事していただけで」

「そう？　ちなみに仕事の悩みなら吐き出した方がいいよ。私でよければ聞くし」

彼女は、私がここへ赴任したばかりの時に指導係だった先輩。明るく気さくな性格で、私のことを業務外では『夏純ちゃん』と呼んでくれる。

ショートカットで色白の彼女は、細いチタンフレームの丸眼鏡が似合う。私よりもちょっと小柄で可愛らしいのだけれど、中身は見た目と違ってたくましく、お世話好きな先輩だ。真柄さんも寮に住んでいるため、なにかと頼ることが多い。

「ありがとうございます。でも仕事のことではないので」

真柄さんは首を傾げて問いかけてくる。

「つまり、家族・友人関係か、もしくは……恋の悩み？」

「え！　いや、恋っていうのか……その、よくわからなくて」

蒼生も異性だし、蒼生のことをずっと考えちゃう現状は恋でもおかしくはないんだろうけれど。

これまで恋愛とは距離を取って生きてきたせいで、恋愛経験値ゼロ。加えて、いろいろな出来事や経験から拗《こじ》らせている。だから、私が蒼生に対して抱いている想いは、簡単に説明できるものではない。

「まだはっきりしない段階？　そういう、『好きかも』とか『好かれてるかも』って時期が一番楽しいよね～恋愛って！」

真柄さんはベンチソファに腰を下ろす。黙りこくる私の顔を覗き込み、苦笑した。

「あれ？　共感されない？」

「すみません。私……なんていうか、そういう経験がないもので」

「え？　ないって、付き合ったことがない？　さすがに初恋はあるもんね？」

「初恋……」

顎に手を添えてつぶやくと、真柄さんはこのうえなく驚いた表情で固まった。

「嘘……意外ね。夏純ちゃん、人当たりいいし性格もめちゃくちゃいいし、周りからほっとかれるわけないのに」

「ふふ、そんなふうに言われると、私、すごくいい気分になっちゃいますよ」

真柄さんはいつもちょっとしたことでも褒めてくれる、褒め上手。

仕事の時だけでなく、こんな場合にもそうしてくれるのかと、つい笑ってしまった。

「そういうとこ好きだな〜。時々思ってたんだよね。夏純ちゃんって褒め言葉を肯定するんだけど、ほどよく受け取る感じがすごくいいなあって。ほら、謙遜もしすぎるとちょっとねえ？　素直で可愛い子なんだなってみんな思ってるはずだよ」

思いも寄らない感想を聞いて、どぎまぎする。

そんなこと、初めて言われるから反応に困る。特に意識しているわけではないから。

照れくさい気持ちで返す言葉を探していたら、真柄さんは頷き始める。

「ん、なるほど。確かにピュアだよね。私の言葉で赤くなっちゃうんだから。男の人に好意を示されたら茹でダコになるんだろうね〜」

「ええっ。嘘、赤いですか？　私」

両手で頬を覆い、顔を隠すように横を向く。

確かに頬も耳も、首までもが熱い。もう。すぐ顔に出るの、本当嫌。

真柄さんの正面に立ち続けているのが落ち着かなくなって、私もさりげなくベンチの隅に腰をかけた。すると、すぐに真柄さんが隙間を詰めて寄ってくる。

「それで、聞いてもいいのかな？　恋かどうかよくわからない悩みについて」

声のトーンを落として聞かれ、収まってきた熱が再びぶり返しそうになる。

「いや、私のは楽しい話題じゃないですし」

「楽しみたくて聞きたいわけじゃないよ。可愛い後輩の悩みを少しでも助けられたらいいなって思っただけ。もちろん強制するつもりもない。ただ、誰かに話すことで気持ちが整理できることってあるから」

真柄さんが言うことには一理ある。

胸の内だけで悩むより、たとえば誰かに話したり、話せなくても紙に書き出してみたりすれば、こんがらがっている気持ちが多少落ち着くことってある。

それに、同級生の仲のいい友人は蒼生を知っている。あえて蒼生を知らない人の方が相談しやすい気もする。

「言葉にするのが難しいんですが。好き……だけど、事情があって今以上の〝好き〟にはなりたくないっていう」

蒼生は大切な人。それははっきりしている。

ただ、幼い頃から一緒にいたから、初めは家族としての情だったところ、高校生の時に告白されて微妙に気持ちが変化した。……ううん。抱えていた本心に気づかされたのだ。

しかし、蒼生はそれを知らない。

蒼生の告白を受け取れなかったまま、私たちは今に至る。

それでもなお、蒼生が私のそばにいてくれるのは、つまり昔の告白は過去になったのだと解釈していた。なのに、蒼生は最近、時々思わせぶりな言動をする。

しかも、大人になった蒼生は本当に以前にも増してカッコよくなった。そんなの、正直戸惑いしかないじゃない。

「好きになりたくない？」

不思議そうにつぶやく真柄さんに対し、一度小さく頷いた。

「一度自分の中の線を越えちゃうと、苦しむ未来ばかり想像してしまって」

ぼそっとこぼしたそれこそが、長年拗らせている理由だった。

私は母を突然失った。大きな喪失感だった。悲しかったし、苦しかった。けれども、もっとつらそうな父を目の当たりにして、怖くなった。

心を許し、愛し合っていた人が急に自分の世界から姿を消してしまう絶望は、想像できないほどの痛みを抱えるのだと。

母を悼みながらも心に大きな傷を負った父の、寂しそうな顔が今も忘れられない。

父は私の前では気丈に振る舞おうとしていたようだけれど、心ではずっと泣き続けているのを感じていた。

そして私は、恐怖心に襲われたのだ。

大事な人を抱えることへのリスクが……あの日、喪失感でいっぱいだった父の姿が、頭にこびりついて消えずにいる。

「いっそ、ひとりでいいと思ってきたのですが……最近ではそれも不安だなって」

だからこそ、大きな悲しみに打ちひしがれる未来を避けて、必要以上に大切な人を作らないようにしてきたくせに。

ふとした時に、この先いつかひとりぼっちになる未来を考え、それもまた怖くなる。

十代の頃には考えもしなかった。でも今は、仕事柄、人の生死を真剣に考えるようになったからかもしれない。

膝の上で遊ばせていた指を見つめながら考えに耽《ふけ》る。

病院《ここ》は病気を治すことに専念する場所で、私はそれをフォローする役割。元気になる患者さんがいる反面、もちろんその逆もあるわけで……。

今になって、ひとりも怖いだなんて、身勝手な自分に辟易する。

「いつも明るく振る舞ってる夏純ちゃんも、いろいろあったのね」

真柄さんの声で現実に引き戻される。

失敗した。話を聞いてくれるからって、いきなりこんな重くて暗い内容……真柄さんだって困るに決まっている。

「すみません、変な話をして。あの、気にしないで……」

「ううん。なんとなくわかる気もする。好きになっちゃいけない人に惹かれることってあるよね。人を好きになるのって理屈じゃないし。たとえば、ちょっと悪そうな男の人に限って、どうしても気になることとかあるよね」

「え？　えーと……」

私の話を聞いて困ってはいない様子なものの、なにか別の方向へ思い違いをされていそうな雰囲気がする。そうかといって、訂正するにもまた長い説明をしなければならないため、言い淀んだ。

真柄さんは手をひとつ打ち、ずいと顔を近づけながら言う。

「そういう相手を忘れるには、暇な時間を作らないに限る！」

ちょっと嫌な予感がする。

真柄さんはニコニコしながら人差し指を立てた。

「夏純ちゃん、ずっと寮と職場の往復でしょ？　時間が余るとひとりで変な方向に考えがちになる。だから、一緒に気分転換を兼ねていつもとは違うことしよう」

いつもとは違うことで気分転換……。確かに、時間があるから余計なことを考えすぎるのかも。

「信じる者は救われるって言うじゃない。ちょっとした行動が、自分の人生好転させるきっかけになるって信じてみるのもいいかも」

信じる者は救われる、か。正直、あまり好きな言葉ではない。

どれだけ信じたって、結局結果は神様がすでに決めているんじゃないかとひねくれた考えが勝ってしまうから。

その時、医療機関専用スマートフォンの着信音に遮られる。真柄さんのものだ。

「あ、ごめん。行かなきゃ。詳細はまた今度。じゃ、お疲れ様」

彼女はバタバタとロッカールームから出て行った。ひとりになった私は、茫然とドアを見つめる。

どうしよう。真柄さんを巻き込んじゃった。

「はあ」

深いため息とともに項垂《うなだ》れる。

我ながら、拗らせすぎの面倒な人間だとわかっている。だけど、どうしようもない。

時折〝ひとり〟への不安感に襲われる。ただ、今以上に深い関係を持つ相手を作りたくないと思うのも本音。相反する感情に揺れる心は、足掻《あが》いても逃げられない。

それを自分で知っていたのだから、誰かに話すべきじゃなかった。

数分前の自分を反省し、重い腰を上げてロッカーの中に置いたままだったスマートフォンを手に取る。ロック画面に蒼生から新着メッセージがあった。

【お疲れ。今夜は外食しよう。寮に迎えに行くから支度できたら連絡して】

「え⁉」

思わず声をあげてしまった。てっきり今日も蒼生のマンションで食事すると思っていた。蒼生から外食しようと言い出すのはめずらしい。

蒼生は仕事柄、月の半分は自宅に帰れないから必然的に外食が多くなる。その反動なのか、自宅で食事をする方がいいと以前から漏らしていた。

どういう風の吹き回しだろう？　理由はあとで聞いてみるとして、今はまず急いで支度をしなきゃ。

職場を出る前に蒼生に返信してから寮に戻り、サッとシャワーを浴びて着替えた。時刻は午後六時四十五分。さっきメッセージでこちらから指定した約束の時間だ。待ち合わせ場所は寮の前。急ぎ足で集合玄関に向かい、外に出ると同時に一台の車がやってきた。驚いて足を止めたら助手席のウインドウが下がり、運転席の蒼生が声をかけてくる。

「夏純、お疲れ。乗って」

外食を提案されただけでも驚いていたのに、さらに車でのお迎えだなんて思わなかった。

それでも、とりあえず助手席に乗る。シートベルトを締めながら、蒼生へ尋ねた。

「びっくりした！　車だなんて。もしかして出かけた帰り道に拾ってくれたの？」

蒼生は仕事で家を空ける日が多く、車に乗る機会が少ない。だけど、車のバッテリーなどを考えて、予定のない休日は遠乗りするらしい。もしかすると、今日はどこかへドライブに行っていて、その帰りなのかもしれない。

だったら、この後は一度マンションに車を置きに戻って、徒歩で行ける居酒屋とかダイニングバーに向かうのかな。

ハンドルを握る蒼生の横顔を見ていると、蒼生は前方に目を向けたまま答える。

「いや。これから出かけるとこ。夏純は明日休みだし、遅くなってもいいだろ？　いつもと別の店に行こう」

「別の店って……どこ？」

「さあ、どこだろうな」

どこだろうなって。当然、行き先を知っていてそんなふうに返すなんて。長年一緒にいたけれど、こんな展開初めてだ。そのせいか、ふたりきりの車内に緊張し始める。だってこんなの、まるでデートみたいじゃない。

蒼生をもう一度ちらりと見る。ブラックのパンツにネイビーのテーラードジャケット、テラコッタのトップスの裾からは白シャツを覗かせている。

落ち着いた色合いは蒼生らしく、とてもよく似合う。

普段は蒼生のマンションで会うから、ラフでカジュアルな格好が多い。そのせいか、お出かけ仕様の蒼生は新鮮で、ドキッとする。

膝の上で軽く手を握り、速くなっている鼓動を感じて『落ち着いて』と自分に言い聞かせた。

結局、蒼生は行き先を教えてくれないまま、一時間近く車を走らせていた。

ようやく目的地に着いたのか、立体駐車場に入っていく。蒼生は車を止めると、エンジンを切って言う。

「着いた。降りよう」

私は言われるがまま降車し、軽く頬を膨らませて訴えた。

「ねえ、そろそろ行き先を教えてくれてもいいんじゃない?」

蒼生はこちらを一瞥して小さく笑い、ふいに私の手を握る。

「もう少しだけ秘密。行こう」

髪をふわりと風に靡《なび》かせて歩き出した蒼生を凝視する。手を繋がれている現状に驚き、言葉も出て来ない。

口をパクパクとさせている間に、ビルの中に誘導される。エレベーターに乗り込んでもなお、手はそのままだった。

手を繋ぐのはこれが初めてなわけではない。小さい頃は、しょっちゅう繋いでいた。

でも、あの頃は私が蒼生の手を引いていたのに、これは……。

繋がれている手を見る。

大人になるにつれ、小さかったはずの蒼生は、すっかり大きくなった。当然と言えば当然なのだけれど。

一緒にいれば身長差とか体格差で実感するし、並んで料理をしている時には手のひらは厚みがあって、指も長いなって思ったこともある。実際に蒼生の手に包まれたら……こんなにも大きくてゴツゴツしていて、安心感があるんだ。

最近、ふとした瞬間にも蒼生を意識している。今日、真柄さんに胸の内をポロッとこぼしてしまったのは、そういう自分に気がついているせいだ。

淡い想いを巡らせていると、到着を知らせる音が鳴った。何階に着いたのかと見てみれば十八階。エレベーターを降り、廊下を歩いた先にあった店構えを見てごくりとつばを飲み込んだ。

打ちっぱなしのコンクリートの建物に浮かせ付けされた、黒い文字のオシャレな看板。左右ふたつのスポットライトに照らされているのは、『極点《きょくてん》』という文字とその下の『kyoku-ten』というローマ字で、シンプルかつ高級感を醸し出していた。

看板を見て、無意識につぶやく。

「ここって、昨日テレビで観たところ……？」

昨日、蒼生の部屋でカレーライスを食べたあと、なにげなく眺めていたテレビ番組で高級肉割烹の店が紹介されていた。シックな外観と、雰囲気のある店内。そして、店名に使われている文字の通り、美味しい牛肉の提供を常に追求し、極めることをモットーとしている一流の店だった。

「夏純、『行きたい』って言ってテレビにかじりついてたから」

「そ、それはそうだけど」

蒼生の衝撃的なひとことに固まった。

その店がたまたま千葉にあると知り、興味を引かれていたのは事実。だからといって、まさか翌日に訪れるとは夢にも思わない。信じられない。昨日の今日でそんな決断……。だってこの店、めちゃくちゃ高級だった。それに……。

「ここ、会員制だったはずだよ？　いきなり来ても通してもらえないんじゃ」

「大丈夫。俺も会員だから」

続けざまに度肝を抜く発言をされ、ぽかんと口を開けてしまう。蒼生は私の反応を見て、さらりと付け足した。

「あー、何度か来てるんだ。職場の先輩や上司と。時々夏純にも話はしてたはずだけど。『職場の人と焼肉食べに行く』って」

言われてみれば、確かにこれまで何度かそういう話は聞いた。ただ、こんな高級なお店とは想像していなかったから心底驚いた。

「さ、入ろう。お腹空いてるだろ？」

「う……うん」

蒼生に手を引かれ、店内に足を踏み入れる。

突然外食に誘われ、車で迎えに来られて、高級なお店に連れて来られて。いろいろなことが重なったから、こうして手を繋いで視線を交わし合って歩くのを受け入れてしまっている。正常な判断力が鈍っているとしか思えない。

蒼生がすでに予約してくれていたようで、すんなり個室へと案内された。

席に座り、先にドリンクのオーダーを済ませると、スタッフは一度退席した。私は改めて室内を見回し、自分の座っているソファの肘かけを撫でた。

一般的な焼肉店とはなにもかもが違う。落ち着いた雰囲気の照明に重厚感のある大理石のテーブル、座り心地、触り心地のいいひとりがけソファ。ひとつひとつに感動したが、一番は窓からのロケーションだ。

「すごく綺麗。そっか。この辺からだと、東京《とうきょう》の夜景も見れるんだ」

ビルとビルの合間に、東京スカイツリーが見える。遠くも近くも光の海でキラキラして、なんだか非日常の世界にいるみたい。

「毎日狭い世界で生活してるせいか、ちょっと離れた場所にこんな景色があるなんて気づかなかったな。それこそ蒼生は、いつも素敵な景色を眺めているんでしょ？　パイロットの特権だね」

それも国際線も受け持っているのだから、誰よりも多くの絶景を見てきているはず。

窓の向こう側を眺めながら想像していると、蒼生は口を開いた。

「俺がコックピットから景色を見下ろしている時は、いつも――」

そこにノックの音がして、蒼生は話を中断する。男性スタッフがドリンクを持って入室してきた。

「お待たせいたしました。オーダーをいただきましたお飲み物でございます。この後、わたくしの方でお肉を焼かせていただきますね」

その男性は爽やかな笑顔でそう言った。

この店はスタッフが専属でついてくれる。最高級の素材の味を絶妙な焼き加減で提供してくれる形式は、テレビで観て知っていた。

それから、雲丹《うに》ユッケ、牛刺しや、しゃぶしゃぶ、すき焼きとたくさん出てきた。シャトーブリアンやザブトンのような希少な肉は、噂には聞いていたものの本当に美味しくて至福の時を過ごした。あまりの美味しさに、さっき蒼生が言いかけていたことを確かめることも忘れるほどだった。

常に食事の進み具合をみながら、いいタイミングで次の用意をしてくれる心配りに感動する。また、自分たちで肉を焼かなくていいので、ゆったりと食事ができた。

舌鼓を打ち、デザートのジェラートまで思う存分堪能した私は、駐車場に向かう間、改めて感嘆の息を漏らす。

「はあ……もう最高。幸せ。生きててよかった。蒼生ありがとう。連れて来てくれて」

「はは。そんなに喜んでくれるなら、もっと早く連れて来ればよかったな」

蒼生はお店でもらったミントキャンディーを口に入れながら笑った。

駐車場に着いて車に乗り込み、シートベルトに手をかけながらおずおず切り出す。

「それにしても、私だけお酒まで飲んじゃって……ごめんね？」

そう。実は今日、私だけがお酒を飲んでいた。蒼生に遠慮して私もソフトドリンクにすると一度言ったのを、蒼生が『いいから』とお酒をオーダーしてくれたのだ。

「別に。いつもスタンバイ前日は、念のため飲酒を控えてるって知ってるだろ？　おかげで代行も呼ばなくて済む。運転は苦じゃないし、気にするな」

「うーん。それはそうなんだろうけど」

『スタンバイ』とは、簡単に言うと〝控え〟の意味だ。元々予定されていたパイロットが体調不良などで飛べなくなった際に呼び出される控え要員。蒼生から聞いた話だと、パイロットだけでなくＣＡも同様らしい。

いつ呼び出されてもすぐ代われるようにスタンバイしているわけだけど、その日、なにもなければそのまま自由に過ごせるという。ちなみに、スタンバイは自宅待機と、羽田空港《はねだくうこう》待機の二パターンあると教えてもらった。

「じゃあ、今度ここへ来る時はふたりとも休みの前日にして、一緒に飲もう」

蒼生の提案に思わず手を横に振る。

「今度って、いや。こんな高級なお店、なにか特別な日ならまだしも……そう何度も来れないよ」

「ふうん。特別な日ならいいってこと？」

「うーん、そうかな……？　それくらい特別なお店だと思うし」

「わかった。それなら、特別な日を作ればいいわけだな」

「えっ。それ、なんか強引すぎない？」

大体、特別な日を作るってどういうこと？　首を捻るも、明確な答えが浮かばない。

困っていると、バッグの中からスマートフォンの着信音が聞こえてくる。メッセージの着信音だったため、すぐに止んだ。

「仕事の呼び出し？」

「ううん、メッセージだから多分違うと思う」

スマートフォンを出して確認すると、送信主は真柄さんだった。メッセージを開くと、今日話していた件について。

私は最後まで文面を目で追う。

【さっきはバタバタといなくなってごめんね。さっそくだけど、今度の土曜日、ちょうど私も夏純ちゃんも日勤なんだけど、その後に食事どう？　私の学生時代の友達と、その知り合いと数人で。食べたいものとか行きたいお店とかある？】

「どうした？　難しい顔して」

「え？」

蒼生の言葉で、自分がそういう顔をしていたのだと初めてわかる。

先輩からのお誘いはありがたいけれど、見知らぬ人が数人……と、ちょっと構えてしまった。

私はさりげなくスマートフォンをバッグにしまって、愛想笑いで答える。

「いや、大したことじゃないの。職場の先輩が週末に食事に誘ってくれて、その連絡。ほら、お店のジャンルとか？　いろいろあるでしょ」

「へえ。今日肉を食べたから、海鮮とか提案してみたら？」

「んー、でもきっとコースになりそうだしなあ」

「コース？　ふたりで？」

蒼生がきょとんとして言った。

「ううん。なんか、先輩の学生時代の友達も何人かいるみたいで」

改めて口にすると、ちょっと緊張してきた。

真柄さんの友達なら、きっとみんないい人に違いない。だけど、やっぱり私ひとりが初対面で食事っていう状況は、気楽にはなれない。

ため息がこぼれそうなのを堪えていると、刺さるような視線をひしひしと感じた。

蒼生を見れば、眉間に皺を作っている。

「男もいるの？　それ」

蒼生の質問のあと、車内が静まり返る。

考えもしなかった。真柄さんはどちらとも言及していない。

間が空けば空くほど変な空気になるとわかっているのに、確証がないうえ、私も気になり始めて答えられない。

「わ、わかんないけど、多分いないんじゃないかな？」

ようやく口が動いたのに、今度は蒼生が黙り込む。なんとなく、さっきまでの声色や雰囲気から、怒っているふうに感じられる。

「だって、ほら。看護学校なら九割近く女子生徒……」

私の言葉尻を遮るように、「はあ」と重いため息が聞こえてくる。

「面白くないなあ」

その後、ぽつっと漏らした蒼生の声を合図に、おずおずと視線を上げた。

蒼生はおもむろに私のシートの端に左腕を置き、吐息がかかりそうな距離で顔を覗き込んでくる。

鼓動が速くなったと自覚するや否や髪に触れられ、いっそう心臓が早鐘を打つ。

「忘れたとは言わせない。昔、俺が告《い》ったこと」

瞬間、ドキリと胸が震えた。

もちろん忘れてなどいない。あの時、蒼生の想いを正面から受け止められず、半端な返事をしてしまった自覚はあるから。

蒼生は硬直する私をジッと観察する。そして、わずかに口の端を上げた。

「ああ、やっぱりちゃんと覚えてくれているみたいだな」

動揺を隠そうとはしていたけれど、そんなにわかりやすく顔に出てた？　それとも、なにも言わなくても蒼生は私の心の中がわかるのだろうか。

とにもかくにも、片時も逸らさない視線に捕われている緊張でどうにかなりそう。

「夏純」

何度も聞いてきた呼び声なのに、なぜか今は心を乱される。

だって、あまりにも真剣な声すぎる。こんなの、冷静に受け止められるわけがない。

「俺の想いは高校時代《あのころ》から変わってない。だけど、もしかして夏純は変わったんじゃないか？　昨日、『泊まっていけば』って言った時、あきらかに動揺してた。前までの夏純なら、姉弟として軽く受け入れるかあしらうかで済ませただろう？」

些細な変化だったはずだ。きっと家族でさえスルーするくらいの……。だけど、蒼生は気づいた。普段から私をよく気にかけてくれている証拠。

心を見透かされていたと知り、気持ちが落ち着かなくて顔を背けた。頭の中はパニックで、なにをどうすべきか考えがまとまらない。

蒼生の想いは変わっていなかった。素直に言えば、すごくうれしい。

そう感じている時点で、私にとっても蒼生は昔も今も、特別だとわかりきっている。でも、どうしても臆病な気持ちが顔を覗かせ、この期に及んで前に進む勇気が出ない。

下唇を噛んでいると、突然やや強引に顔を向けさせられた。

伏し目がちの蒼生に緊張が高まる。徐々に距離が近づいている気がして堪え切れなくなり、目を瞑った。強張って構えていたら、親指でやさしく唇を撫でられる。

いくら幼なじみとはいえ、こんなふうに唇に触れられたことなどない。恥ずかしさが勝って、自然と下唇を噛むのを止めた。その直後、蒼生がささやく。

「夏純。こっち見て」

薄暗い車内でもわかる。瞼を上げると同時に蒼生の綺麗な瞳が露わになって、魔法にでもかけられたように動けなくなる。

心臓がうるさい。こんなに跳ね回っていたら、蒼生にだって聞こえてしまいそう。

唇に指をかけられた状態で、懸命に声を絞り出す。

「蒼……生、待っ――んっ」

刹那、唇が触れ、ほどなくして中に舌を差し込まれる。

今、キスをしていることが夢か現実か混乱していると、蒼生は唇を離した。

「口の中がまだ冷たい。ベリー系の味がする」

冷たい……ベリー系って……さっき私が最後に食べていたジェラートの！

言われた瞬間、羞恥心に襲われる。動揺している間に唇に柔らかな感触がして、二度目のキスだと理解した。

唐突な出来事にもかかわらず、私の身体は蒼生を拒絶しなかった。

強引なのになぜかやさしさを感じる口づけは、足掻く気持ちさえ湧かず、ただ胸の奥が甘く締めつけられて落ち着かなかった。

名残惜しそうに距離を取る蒼生に、掠れ声で聞く。

「──なんで」

蒼生の気持ちはさっきも聞いた。だけど、長年一緒にいてこういうことは一度もしなかったのに、どうして今。

「夏純の気持ちを尊重したいし、一番近くにいられればそれでいいと思ってきた。なぜなら、俺は夏純が臆病になる理由はよく知っているから。でも、ふらっと横から現れた誰かに奪われるくらいなら、もう抑えるのをやめる」

「だ、誰かって、そんなのいないのに」

「だって、俺には夏純の行動を制限できる権限はない。だから、俺は俺のできることをするだけ」

精悍な目に意識を吸い込まれそうになる。

蒼生は私の顎を捕え、さらに続けた。

「本音は、ほかの男と話はおろか、目も合わせないでほしいくらい」

「そ、そんなのはさすがに」

「わかってる。俺の子どもっぽい勝手な嫉妬だ。夏純に一番近い存在でいながら、唯一の存在になれていない現状が俺をそうさせる」

どこか苦しそうにこぼした蒼生は、額同士軽くぶつけて静止する。

「考えて。ほかの男じゃなく俺のことを」

触れている箇所から、蒼生の鼓動が聞こえる錯覚に陥るほどドキドキしている。

こんなにも真剣な言葉をもらったら、平常心でなんていられない。

蒼生はゆっくり離れていき、窺うように目を合わせてきた。その様子から、強気に思えた蒼生もまた、実は臆しながらの言動だったのだと感じた。

「……うん」

それでも視線を一度も逸らさない蒼生に対し、私は一度頷き小さくそう返すのが精いっぱいだった。


あれから数日経ち、週末になった。

休憩室でお弁当を前にしながら、窓越しに空を眺める。

蒼生は今頃ニューヨークにいるはずだ。外国へ行ったことのない私にとっては、どんな場所でどういうふうに過ごしているのか想像もつかない。

あの夜、私が『うん』と答えたあと、蒼生は普段通りに振る舞った。私もそれに合わせはしたが、心の中はずっと落ち着かなかった。

蒼生は私に自分の気持ちを見つめ直す猶予をくれたのだと思っている。ある意味、二度目の猶予かもしれない。

しとしとと雨が降る中で想いを告げられた、あの日。

蒼生が私のことをひとりの女の子として想ってくれていると知って、うれしかった。でも、私は数秒間をおいたのちにこう答えた。

『幼なじみ以上の関係になるのが怖いの。どうしても、失った時を考えてしまうから……』と。

大切であればあるほど、離別の瞬間が想像を絶するほどの痛みに変わる。

ならば、初めから心のすべてを捧げられるような存在を作らなければいい。

もしも蒼生と恋人という関係に発展し、その後になにかがあって別れることにでもなれば、きっと立ち直れない。だったら、いっそ一線を越えぬまま、いつか蒼生が別の女性を選んで私のそばから離れていくシチュエーションの方がマシに思えた。

そんなどうしようもないことばかり頭の中で巡らせては、傷つくことを過度に恐れ、結局昔も今も逃げ続けている。……だけど。

蒼生が切実にお願いしてきた。俺のことを考えて、と。

もういい加減、逃げずに向き合わなきゃいけない。いつまでも、『怖い』なんて理由で……。

胸の奥が軋んだその時、スマートフォンが短く振動した。目を落とすと、ポップアップには【蒼生】の文字。

【JFKの写真】

JFK……ジョンエフケネディ国際空港だ。

そこは、ニューヨークの空の玄関口と呼ばれている大きな空港だということは知っている。訪れたことはないけれど。

蒼生からのメッセージには、夕暮れのJFK国際空港の写真が添付されていた。遠くにはビルが立ち並び、手前には飛行機が写り込んでいる。

「綺麗……」

オレンジ色の空に、隙間なく並んだビルのシルエットと、整備された滑走路と流麗なボディの旅客機。まるで絵葉書みたいな一枚だ。

蒼生が空港の画像を送ってくるのは初めて。

きっと、私が飛行機に対して苦手意識を持っているのを知っているから。

十三年前、母が急変した際、私は機内にいて連絡がつかなかった。以来、その時のやるせない気持ちや後悔が押し寄せる、飛行機の存在を敬遠してきた。

もちろん、飛行機はなんら関係ないと頭ではわかっている。けれども、それを見るとあの日のやりきれない感情が、ぶわっと湧き上がる。

今はこうして画像を見ても、居た堪れない気持ちに押しつぶされるまではいかない。想像していたよりもずっと、落ち着いて受け入れられている。

少しは乗り越えられたって思っていいのかな。

蒼生が送ってきた空港からの景色を瞳に映し出し、スマートフォンの画面に没入していると、下部に新しいメッセージが表示される。

【予定ではそっちに帰るのは月曜の夜。火曜、特に予定がないならお墓参りに付き合ってくれないか？　来月のシフトがいつもより早めに出たんだ。今年の祥月命日は仕事の予定だったから】

蒼生のやさしさに胸が締めつけられる。ふいうちのお願いに、思わず涙目になってしまった。

母の祥月命日まであと約十日。もちろん私は覚えているけれど、蒼生も同じように毎年気にかけてくれていた。

とっくに気づいている。自分にとって、蒼生は幼なじみ以上に特別な存在だって。

それは変わらない事実なんだって。

いつしか私は、スマートフォンを両手でぎゅうっと握りしめていた。

同時に過去に自ら課した縛りを解くべきか、いっそう深い悩みに陥った。


その日の仕事終わり。

私は真柄さんと一緒に、大手居酒屋チェーンへ移動した。

途中、すでにほかのメンバーが揃いそうだと真柄さんへ連絡があって、私たちが最後の到着になった。

お店に到着し、予約されていた半個室の席へ案内されて、ぎくりとする。

席に着いているのは男性が三名、女性が一名。つまり、私と真柄さんを含めると、男女三人ずつという構成なのだ。

「お待たせ～」

真柄さんが明るく言い放ち、空いている席へ向かう。そして、手招きした。

ここで引き返すわけもいかず、おずおずと真柄さんの隣の席に座る。

真柄さんとそのほかの人たちの様子を見て、男性のうちのひとりと女性が真柄さんの友人だろうと瞬時に判断する。

私の知る真柄さんは、嘘をつく人じゃない。世話好きで面倒見がいい先輩だ。だから今回のこれも、『いつもと違うこと』と思って男性にも声をかけたのかもしれない。いや。もしかしたら、私の対角線上に座っている、真柄さんの友人らしき男性が提案してほかに男性を連れてきた可能性だってある。

とにかく、真柄さんを責めたり憤る気持ちはない今、私のすべきことは、この場をやり過ごすことに限る。

とりあえず飲み物を、と全員がオーダーし、それぞれ飲み物を片手に乾杯した。

真ん中に座っている真柄さんが率先して明るい声を放つ。

「じゃあ、私からまず。真柄瑛美《えいみ》です。で、右隣の子は学生時代の友人の蓮見《はすみ》奏《かなで》さん、左隣は職場の後輩の名取夏純さんです」

私と逆隣に座る蓮見さんは、ほぼ同時に会釈をする。

蓮見さんと直接会うのは初めて。しかし、真柄さんとの会話で時々『友達が』と登場してくる相手こそが蓮見さんじゃないだろうか、と考える。

なんとなくそう思ったら、初対面にもかかわらず、ちょっと親近感を持てた。

そして、どうやら蓮見さんの方も私のことを事前に真柄さんから聞いていたようで、好意的な笑顔を向けられる。

わずかに緊張が解《ほぐ》れかけた時、蓮見さんの向かいに座る男性が軽く手を上げた。

「じゃ、こっちは俺が。真柄の悪友、百地秀人《ももちしゅうと》です。ちなみに蓮見とも同級生」

爽やかな笑顔で冗談交じりに挨拶をする百地さんもまた、感じのよさそうな男性だ。

黒髪短髪で、服装も七分丈の白いサマーニットに黒のテーパードパンツというスタイルで清潔な印象を受ける。真柄さんの知り合いというのもあり、警戒心は薄れた。

「で、俺の大学の友達の佐渡《さわたり》と、その隣が……」

「はじめまして〜。岡本《おかもと》です。佐渡《こいつ》が飲み会に行くって言うんで、俺もって頼み込んで参加しちゃいました〜」

真ん中に座っていた佐渡さんも控えめな雰囲気で話しやすそうと思った矢先に、私の正面にいた男性がカットインしてきた。

がっしりとした体型の彼は、少し派手めな柄のシャツに太めのパンツスタイル。

やたらとテンションが高めの岡本さんに、内心驚いて戸惑う。ちらりとほかの人の顔色を窺ってみると、どうやら私と同じような心持ちに見受けられた。

しかし、私たちのそんな微妙な空気を知る由もない岡本さんは、主役と言わんばかりに話し続ける。

「仕事が忙しくて休みもなかなか取れなくて。そればっかりでストレス溜まってたところだったし、今日は存分に飲んで楽しもうと思ってまーす」

ジョッキを高らかに上げて宣言する彼に、全員が愛想笑いを浮かべている。

すると、百地さんが軽く頭を掻いて苦笑交じりに口を開く。

「あー、岡本さんとは、俺も今日〝はじめまして〟で……」

「そうそう。佐渡以外は全員初対面！　佐渡とも、最近街コンで知り合ったばかりなんだよな。ってことで、みんなよろしく！」

こう言ってはなんだけど、どうりでひとりだけ浮いていると納得した。どう見ても、百地さんと佐渡さんとは違うタイプなんだもの。

「えっと、あ。仕事が忙しいって、どんなお仕事されてるんです？」

蓮見さんが質問すると、彼は待ってましたと言わんばかりに、小鼻を膨らませて答える。

「いや～大したあれじゃないけどさ。まあ、パイロットってやつ？」

「え？　パイロットって旅客機の？」

蓮見さんは素直に驚いたようで声をあげ、私たちは無意識に佐渡さんに視線で訴えた。佐渡さんは目を丸くしたのち、首を捻る。彼もまた岡本さんとは知り合ったばかりで、そこまで彼の身辺など詳しく知らないのだろう。

「まあ。だから時差とか大変でね。海外から戻ってすぐ別のフライトに入ったり、慣れるまで大変だったな～」

「そうなんですか。それで休みも取れないのは、確かにきついですね」

「まーね、それも慣れだよ、慣れ」

蓮見さんが話に乗っかると、岡本さんは気分よさそうに返していた。

みんな、岡本さんが本当にパイロットなのかどうか、半信半疑になっているのが窺えた。かくいう私も、あきらかに話がおかしいと感じ、違和感を覚える。

まず国際線フライトのあとにすぐ別のフライトが入るなんて聞いたことがないし、休みが取れないなんてありえない。むしろ、国際線フライトが多いと休日の日数は私よりも多いくらいだもの。

確証はないけれど、もしも嘘をついているのだとしたら……やっぱり女性の反応がいいから言っているのかな。そうだとすれば、はっきり言っていい気はしない。

だって、日々大きなプレッシャーの中で仕事を全うするパイロットが、身近にいるから。

蒼生は小さい頃から、なんでもこなすタイプだ。けれども、努力を怠ることはないし、むしろ人一倍勉強に励んでいた。それは就職したあとも変わらない。常にできうることをやって、職務に当たっている。

とはいえ、あくまで私の直感。嘘だと言い切れないし、わざわざ食ってかかって指摘する気もない。彼が周囲の人を貶めたり傷つけたりしているわけではないし、この場の空気を悪くするくらいなら、適当に聞き流していればいい。

その後、お酒と料理を口に運びながら当たり障りない話題でやり過ごす。

一時間ほど経ったあたりで、岡本さんが質問を投じる。

「みんなはどれくらい恋愛ご無沙汰なの？」

『みんな』と言いつつ、彼の視線が正面の席に座る私へ向いていたので、遠慮がちに口を開いた。

「私は、全然……。就職してからも、仕事で精いっぱいだし」

さすがに七年も働いていれば、プライベートの時間にまで影響するほどということはない。なんとなく、ここではそういうふうに答えていた方が無難かとごまかした。

思えば今日まで、本当に仕事に集中してきた。学生の時も、看護師になるための勉強と、学費のためのアルバイトとで忙しかった。

その間、蒼生以外にふたりから告白された経験はあったものの、丁重に断った。躊躇することもなかった。こう言ってはなんだけど、自分の傷口をこじ開けてまで一緒にいたいと思えなかったから。

そういえば、蒼生は高校生になってから、しょっちゅう告白されていたっけ。

まだ人見知りがあり、長めの前髪で目元を隠すように俯いていた中学時代とは打って変わって、高校生になった蒼生は芸能人かのごとく注目を浴びていた。

背もぐんと伸び、声変わりした声は幼なじみの私でさえもドキッとした。

コミュニケーションも、積極的とは言えなくとも最低限とっていたし、そういう蒼生の雰囲気がクールでカッコイイと評判になっていたものだ。高校卒業間際には、ファンクラブが設立され、学年問わずにモテていた。他校の女の子も蒼生を見に来るくらい、人気だった。

取り皿に乗った料理に目を落とし、複雑な心境に駆られる。

いつか、蒼生の隣に私の知らない女性が立っている場面を想像したら……。今ではもう、寂しさを通り越してものすごくつらい。

だったらいっそ、蒼生の気持ちを遠ざけずに、勇気を出して受け入れる？

——私はどこまで自分勝手な人間なの。今さら、蒼生と自分の弱さとを天秤にかけるなんて。

「あ！　俺と一緒だ～。俺もずっと仕事一色でさ」

岡本さんの声で我に返る。

「でも仕事が充実してると恋愛にも張りが出るよね。あと、仕事頑張ってる女の子ってすごい好み」

あからさまにアピールをされ、返答に困る。なんとか愛想笑いで乗り切って、ひたすら料理の取り分けに専念していた。

実はその間も、正面からの視線は気づいていたけれど、一度も目を合わせないように気を張り、時間が過ぎるのを祈っていた。

約二時間の飲み会が、ようやく終わった。会計を済ませ、全員が店の外に出る。

「ねえねえ、夏純ちゃん」

油断した隙に、背後から岡本さんに呼び止められる。聞こえないふりをしようか迷っていたら、肩に手を置かれて背筋が凍った。

「じゃあ、みんな。今日はこの辺で。お疲れ～。夏純ちゃん、一緒に帰ろう」

すると、真柄さんが一次会で終わりの雰囲気を出してくれた。私は彼の手から逃れ、軽く会釈をして真柄さんの元へ小走りで駆け寄る。そして、なんとか真柄さんと一緒に帰路につくことができた。

電車に乗り、ふたり並んで座席につく。

「なんか今日はごめんね。ほら、ちょっとキャラが濃い人が……大丈夫だった？」

声を落として申し訳なさそうに言われ、慌てて手を横に振る。

「大丈夫です！　むしろ、今日は誘ってくださり、ありがとうございました」

そうしてお辞儀をすると、真柄さんは「それならよかった」と笑った。

「百地も驚いてたと思うわ。あの岡本って人。ちょっとインパクト強すぎるよね。こんなこと言うのもなんだけど、本当にパイロットなのかなあ？」

やっぱり、彼についてはほかの人も違和感を覚えていたんだ。

「うーん。私も……違うかなと思いました」

「だよね⁉ なんとなくそんなふうに感じちゃうよね～。あ、百地からメッセージだ。ごめん、ちょっと待ってね」

真柄さんは前のめりになって言ったあと、スマートフォンを手にした。

「お気になさらず。あ、今日のお礼を伝えておいてください」

「オーケー、伝えるね」

メッセージトーク画面に集中し始めた真柄さんを横目で見たのち、なにげなく窓の外を眺める。と同時に、ごく自然と蒼生はどうしているかが気になった。

あっちは今頃、午前九時くらいかな。どんなことして過ごしているんだか。あまりアクティブなタイプではない蒼生だ。観光名所を巡るなんてことも、自発的にはしなさそう。ああ、でもほかの仲間もたくさんいるだろうから、付き合いで出かけてるかもしれないな。仕事仲間の中にいる蒼生ってどんなだろう。

ひとり想像をして、思わずクスリと笑いがこぼれる。それから、ふいに我に返った。

ああ……。やっぱり私、蒼生が好きなんだ。

だって、日常の中でふとした瞬間、蒼生に思いを馳せている。最近、距離を縮められたせいじゃなく、もっと前から蒼生は私の生活の一部になっていた。

蒼生は〝特別な気持ち〟は、今も変わらないと言った。

約十年変わらない気持ちがあるなんて、と驚いたが、怖くて前に進めない自分もまた、今なお健在。だからこそ、不変的なものがあっても自然と受け入れられる。

感情表現は豊かな方ではないけれど、蒼生の笑顔はとてもやさしい。

仕事もプライドと責任感を持ってやっているのもわかる。じゃなきゃ、若くして副操縦士に就くなんて難しいに決まっている。

このペースでいけば、日本国内の歴代パイロットの中で、最年少機長となるのも夢ではないと密かに思っている。努力家で真面目で……人の気持ちに寄り添える蒼生だもの。近い将来、間違いなく肩章のラインが四本になっているに違いない。

そういう蒼生をこの先も近くで見守れたら……うれしい。

バッグを抱えている腕に、きゅっと力を込める。

失うのが怖いからと、自分の気持ちから目を逸らし続けていた。でも、どんな形にせよ離れてしまうのが嫌なら、もう覚悟を決めて掴みに行くしかない。

心を決めると、ふっと肩の力が抜けた気がした。

その時、真柄さんがスマートフォンに目を向けながら話しかけてきた。

「あ。百地も、ぶっちゃけ例の人の対応に困ったみたい。本当ごめん」

「いえ、本当に気にしないでください。今日は真柄さんと真柄さんのお友達と一緒に食事ができて楽しかったです。普段、飲み会とかほとんどないので新鮮でした」

「そう言ってもらえたら救われる～！　あ、次の駅だね」

それから私たちは駅を出て、寮まで歩いた。道中はほとんど仕事の話。

寮に着いたら、真柄さんに挨拶をして自室へ向かう。部屋に入ってすぐ、ベッドの脇に腰を下ろして息を吐いた。

そのタイミングで、メッセージの着信音がする。ディスプレイに表示されていた送信主を見てすぐ、メッセージの内容を把握した。高校のクラス会の出欠だ。

「あー、忘れてた」

先月案内が来ていて、参加・不参加を問わず、返信する約束になっていたんだった。夜勤続きで忙しく、連絡が来た日、返信を後回しにしてそのまま。

メッセージを開くと予想通りの文面で、慌ててシフトを再確認する。

来週の土曜日なら、ちょうど休みと重なっている。私は行けるけど、蒼生は……。あ、月替わりで蒼生の土曜日のシフト、まだわからない。けど、シフトは出たって言ってたし、帰ってきたら確認してみよう。

だけど、どうだろう。前日は国内線のフライトが入ってる。なんとも言えないな。そもそも、蒼生はこういう会に興味を持たないから、すでに欠席で連絡してる気がする。うーん、私はどうしようかな……。

そうして数分間迷った末に、数年ぶりのクラス会だし、と出席する旨返信した。

2．絶対に放さない

数日後。

私は蒼生と一緒に、母のお墓がある神奈川《かながわ》県へ移動していた。

移動手段は蒼生の車。途中、フラワーショップに立ち寄ってもらい、花を買った。

白いユリとオレンジ色のカーネーションを入れて花束を作ってもらった。

淡いオレンジ色がとても綺麗で、つい顔が綻ぶ。

母は生前オレンジ色が好きだったから、きっと喜んでくれるはずだ。

車に戻って後部座席に花束をそっと置く。助手席に乗り込み、シートベルトに手を伸ばしながら言った。

「蒼生、ありがとね。車出してもらっちゃって」

交通機関を利用しても、車と同じくらいの所要時間ではあるが、車の方がやっぱり楽。特にお花を持って電車移動するのは気を使うから。

「俺がお参りに行くついでだから、全然問題ない」

蒼生はさらりと答え、シートベルトを締めた。

私は蒼生の顔をジッと見つめる。

「毎年忘れずにいてくれて、お母さん喜んでるよ。絶対」

母の笑顔が目に浮かぶ。

温かな気持ちでいたら、ふいに蒼生がなにか差し出してきた。焦点を合わせると、両手に収まるくらいの紙袋だった。

「忘れないうちに、これやるよ」

「え？　なんだろ」

受け取った紙袋のテープを剥がし、中を覗き見る。

なにやらチューブ状のものが入っている。紙袋から取り出しても、すべて英語で記載されているため、これがなんなのか、すぐにはわからなかった。

ようやく知っている単語を拾い、顔を上げる。

「ハンドクリーム？　わあ、うれしい！　さっそく使ってみよう」

キャップを外し、手のひら、甲、爪の回りなどに丁寧に塗り込む。しっとりした感触を確かめながら口を開く。

「ベタベタしすぎず、ちょうどいい感じ。それに……匂いがしないね。無香料？　海外のものって香りが強いと思い込んでた。これなら職場で使えそう！　ありがとう」

手を鼻先に近づけて匂いを嗅ぎながらお礼を言うと、蒼生に微笑《ほほえ》まれた。

普段はあまり表情を崩さない蒼生の笑顔は、長年一緒に過ごしていてもドキッとさせられる。

どぎまぎするのを悟られないよう、さりげなく視線を逸らして会話を続ける。

「でも、どうしたの？　こういうお土産とか、これまで滅多に買ってきたりしなかったでしょ？」

蒼生は世界中を飛び回っているから、いろいろなお土産を買って来られる環境にいる。実際、蒼生の家や私の実家にも、何度かお菓子を買って帰ってきてくれたりもした。けど、私個人にお土産ってなかったように思う。

すると、蒼生は窓枠に肘を乗せ、頬杖をついた状態で目線をこちらに向ける。

「できることから始めたまで」

ぽつりと返された言葉に首を捻る。しかし、以前蒼生が言っていたセリフを思い出した。

――『俺は俺のできることをするだけ』

――『もう抑えるのをやめる』

まさか、愛情表現……？　こんなにわかりやすく？

驚くのも束の間、だんだん顔が熱くなるのを感じる。

好きな人からちょっとしたプレゼントをもらっただけで、こんなにうれしいなんて。

自分が単純な人間だと、今初めて知った。

赤面しているであろう頬を手で軽く扇いだ時、蒼生がクスッと笑う。

「なんてね。それには下心はないよ。たまたま人気がある商品だって聞いたから、夏純にちょうどいいと思って」

「あっ、そうなの? 確かに私は仕事柄、常時手荒れしてるからね。乾燥した手を見られると恥ずかしいから、こまめに……」

特別な意味が込められているのかと勝手に思い込んでしまった。そんな自分が恥ずかしくて、早口で話していたら急に右手を覆われる。

びっくりして隣に目を向けると、蒼生は真剣な面持ちで私の手を見ていた。

「手荒れは苦痛だろうし大変とは思うけど、恥ずかしくないだろう? これは夏純が普段から仕事を頑張っている証拠なんだから」

急に贈り物をしてきたり、それを『たまたま』って言ったかと思えば、そんなふうに真面目なトーンで言われたりしたら。こんなの……調子狂う。

「やめて。いきなりそういう歯の浮くようなセリフ……どう返していいかわかんない」

顔を背けてそう訴えた直後、するっと右頬を撫でられて思わずまた目を向けてしまった。蒼生はゆっくり顔を近づけるなり、うれしそうに目尻を下げる。

「戸惑う夏純も可愛い」

「……っ、だから！　それ、やめてってば！」

恥ずかしさに堪え切れず、両手で蒼生の胸を押しやるや否や、手首を握られた。

「やめない」

「もうっ、蒼……生」

蒼生の手から逃れようとしたものの、さらに力を込められ、振り解くどころか距離さえ取れない。

至近距離にいる蒼生の顔をそろりと窺うと、低い声で尋ねられる。

「で？　どうだったの、先輩との合コンは」

「ご、合コンじゃ」

否定しかけて、口ごもってしまった。

私は本当に男性がいることを知らなかったけれど、傍から見れば、あれは立派な合コンだった。

そう思うと、『合コンじゃない』と否定するのに引け目を感じ、閉口した。

私が黙り込むと、蒼生はさらに質問してくる。

「よさげな男はいた？」

いったい、蒼生はどういう意図でそんなことを聞いてくるのか。

困惑と不安、焦りの感情がいっぺんに込み上げてきて、蒼生に視線を向けた。

蒼生は目が合っても特段変化は窺えず、なんなら薄っすら笑みを浮かべているように見える。

さらに、私の手首を掴む手をやおら緩め、指を絡ませ握る。

「正直に答えて構わないよ。俺がその男を上回ればいいだけの話だ」

手のひらから伝わる蒼生の熱を感じると同時に、心臓が早鐘を打つ。

「な……なに〜？　自信過剰すぎ。蒼生ってそういうキャラじゃな――」

「俺は本気だよ」

ささやくように、でも力強い眼差しで言われ、瞳を逸らせない。

蒼生の〝本気〟を、頭ではなく心で理解する。

今、ここで言えばいい。たったひとこと、『私も好きだよ』と。

なのに、まだ怖気づいている自分がいる。

……変わろうって、囚われていた場所から抜け出そうって、覚悟を決めたじゃない。

唇を動かしかけた次の瞬間、スッと手を解かれた。

「さ。まずは早く彩夏さんのとこに行かないとな」

タイミングを逃し、喉元まで出かかっていたはずの言葉もすっかりお腹の底まで引っ込んでしまった。

自分の気持ちをきちんと伝えなきゃと思っていても、うまくできない。こんなに長く一緒にいたのに、いざとなると難しいことを実感する。

エンジンをかけハンドルを握る蒼生に、ぼそりと返した。

「いないよ」

蒼生はギアに手を乗せて固まった。その表情からは、なんのことかと疑問に思っていると察する。だから、視線を彷徨わせたのち、おずおずと補足した。

「よさそうな男の人なんて、いなかった」

すると、目を大きくして私を凝視する。蒼生がこうも驚くのはめずらしい。

「……そう」

彼は短い返事だけを口にして、今度こそギアをドライブに入れ、アクセルを踏む。

運転中の蒼生はすでに普通に戻っていたけれど、私はなんだかくすぐったい気持ちを抱えて座っていた。

約二時間後。無事霊園に到着した頃には、午後一時を回っていた。

私たちは墓石を磨き上げ、墓前に母の好物と花を供える。好物とは、デミグラスソースのオムライスだ。

お弁当箱のふたを開けて、スプーンを置く。

「よし。これでオッケー」

「あとこれも」

後ろから腕がスッと伸びてきた。蒼生を見れば、小ぶりでオシャレなボトルを持っている。

「それ、ワイン？　そんなミニサイズのボトルがあるんだ。可愛い」

高さが二十センチくらいのボトルで、ハーフサイズよりも小さい。

「持ち運びにいいサイズだろ？　夏純が今回はオムライス作っていくって聞いたから、それに合いそうなやつ選んだ」

それで前日、私に確認していたんだ。本当に気が利くというか、抜かりがないというか。

「ありがとう。……っふふ」

思わず笑い声を漏らした。

ワインにオムライスって、ほかと比べて変わったお供え物。だけど、これも故人を想って考えた結果だし、いいよね。

墓石を見て、母に問いかけるように心の中でつぶやく。その時、蒼生が紙袋からまだなにか取り出そうとする音が聞こえてきた。

振り返ると、蒼生の片手に乗る大きさの小箱。

「あとはデザートも忘れずに」

そう言って、ニッと口の端を上げた。

母は甘いものに目がなく、よくスイーツを買ってきては家族みんなで食べていた。その時の、母の幸せそうな笑顔は、今も鮮明に覚えている。

蒼生はリボンを解き、箱を開封する。中には、ひと粒ずつアーティスティックなデザインが施されたガナッシュが四個入っていた。

「これって、時々百貨店のイベントに出店してる海外ブランドのチョコじゃない？　すっごく高級なやつ」

特徴的なデザインのチョコレートを見て、すぐわかった。たしか、一個七～八百円したと思う。

「そうなのか？　日本でも売ってるんだな。ニューヨークでも人気があるみたいだし、彩夏さんが好きそうだったから」

「今頃泣いて喜んでるよ〜。バレンタインデーに自分用のチョコを吟味するのが一年で一番の楽しみって言ってたくらいだもん」

それから、私たちはどちらからともなく両手を合わせ、瞼を下ろす。さわさわと心地のいい風が頬を撫でていく感触に、なんとなく母を感じた。

この一年間、変わらず健康に働けていることを心の中で報告し、ゆっくり目を開ける。ふと隣を見れば、蒼生はまだ目を瞑って手を合わせていた。

美形な横顔を見つめていたら、蒼生は隙間なく生え揃った睫毛をおもむろに上げていく。そして、茶褐色の瞳を露わにするとすぐ、こちらを捕らえた。ただ目が合っただけなのに、心臓がドキッと跳ね上がる。

「あっ、と……随分長かったね？」

「まあ、いろいろ報告することがあったから」

「ふうん？」

小首を傾げる私を置いて、蒼生はお供え物の前に移動する。

「チョコが溶けてきたかも。彩夏さんには悪いけど、もう下げようか」

「え！　うん、そうしよ」

慌てて私もそばに行こうとしたら、すでにチョコレートの箱を手に持った蒼生が後ろを振り返る。

「はい」

しなやかで長い指に摘まれた綺麗なアートのチョコレートを、目の前に突き出される。咄嗟にその場で固まった。

唇を差し出す動作は、あの夜のキスを連想してしまう。

唇を重ね合った際の柔らかな感触を――。

「夏純、早くしないと溶ける」

蒼生の声でハッとし、チョコレートから目線を上げて彼を見た。

蒼生はやっぱりいつも通りで、私だけが意識して躊躇っているみたい。

チョコレートを確認すると本当に溶けてきていて、思い切って口を寄せた。舌の上でチョコレートの食感を味わった瞬間とろりと溶け、同時にカカオの香りが口内に広がった。

「美味しい……！　これ、すごく美味しいよ！　蒼生もひとつくらい食べれるでしょ？　食べてみなよ！」

「いや、夏純が全部食べていいよ」

「もう、こういうのは共有すると美味しさが増すんだよ！　はい！」

私は興奮気味に言ってチョコレートを箱からひとつ手に取り、半ば強引に蒼生の口元に近づける。そこまですると、蒼生は苦笑いをこぼし、ぱくりと食べた。

「ふーん、確かにくちどけがいいな」

蒼生が味わいながら、自分の人差し指と親指をペロッと舐めた。さっき私にくれたチョコレートがついていたのだと思う。その仕草も何気ないもののはずなのに、なぜかドキッとしてしまった。

蒼生の唇にほんのわずかだけ触れた指先を隠すように握り、平静を装い笑顔を作る。

「だよね！　これは人気があるわけだね」

瞬間、蒼生がこれまで見せたことのないやさしい瞳をして、そこに私を映し出す。

おそらく蒼生は、抑えていた感情を解放すると決めたのだろう。だけど……その違いだけで、こんなふうに魅力的に微笑むの？

きっと、今目の前にいる蒼生は誰も知らない。私だけが知っている蒼生だ。

自惚《うぬぼ》れた思考と甘酸っぱい雰囲気に、胸が甘く震える。

今まで、どうやって蒼生と過ごしていたっけ？　会話も目の合わせ方も、どこに立っていたらいいかさえも、急にわからなくなる。こんなの、まるで漫画で読んだ初恋みたい。十代くらいの恋愛って、きっとこういう感じ。

事実、私にとってはこれが初恋で全部初めての経験だから、戸惑って当然だった。

お参りを終えて車に戻り、霊園をあとにする。

特段なにも変わらない態度の蒼生の隣で、私だけがぎこちなさを感じていた。

「ね、ねえ。もしよければ、夕飯の買い出しも済ませちゃわない？」

普段なら沈黙もさほど気にならないのに、今ばかりはどうも我慢できなくて、無理やり会話を投げかける。

「いいよ。じゃ、せっかくだから普段行かないとこにする？」

「いいね！　でも生もの買うかもしれないから、あんまり遠すぎないとこで」

「そうだな。久々に都内のモールにでも行くか」

「うんうん、そうしよう」

この雰囲気、いつも通りでほっとする。

そもそも、今日に限ってはこちらが勝手に意識しすぎているだけだ。自分の気持ちを伝えるにしても、今のこの流れは違うっていうことくらいわかる。少し落ち着いて、リラックスしよう。

そうして品川《しながわ》付近まで戻った頃には、すっかり元通り。

大型ショッピングモールに到着し、時間に余裕もあったのでテナントを見て回った。

服や雑貨のショップをゆっくり見るのも久々でテンションが上がり、ステーショナリーやバスグッズ、夏用のルームウェアを買った。

思わず衝動買いしちゃったけれど、普段仕事ばかりだしこのくらいはいいよね。

「貸して」

突然、蒼生に持っていた紙袋をすべて奪われ、おろおろする。

「重いものじゃないから大丈夫だよ？　……な、なに？」

荷物係みたいにさせるのは申し訳なくて言ったら、真顔でジッと目を覗き込まれ、肩を竦めた。

蒼生はさらに近づいてきて、口を開く。

「意中の相手にいい格好したいのは基本中の基本だろ？　いいから甘えとけよ」

「なっ……え⁉」

さらりと言われた内容にどぎまぎするのも束の間、左手を取られて手を繋がれた。

背の高い蒼生を見上げ、視線で訴えると悪戯《いたずら》な笑みで言われる。

「手、空いたからいいだろ。ほら、食料品売り場に行こう」

急展開に頭が追いつかない。心臓だって、こんなに大きな音って出るの？というくらい、バクバクしている。

あたりを見れば、手を繋いで歩いている人たちはちらほらいる。だから、私たちだって特になにも思われていないだろう。それでも、私は恥ずかしくて照れくさくて、周囲を見られない。

少し俯き加減になって歩く。時折、繋がっている手を視界に入れながら。

食料品売り場に着いたら、カゴやカートを用意するのに自然と手が離れていった。ほっとするのと、ちょっと寂しいのとで複雑な心境になり、蒼生の横顔をちらりと見る。瞬間、ぱちっと目が合った。

「あ、繋ぐ？」

蒼生に手を差し出され、頬がカアッと熱くなる。

「ちっ、違うから！　あ、あれ！　夜ご飯、なににする？って聞きたかっただけ！」

動揺して、ちょっと声が上ずった。

蒼生は私の心を見透かしたのか、にんまり顔で答える。

「ふうん……夜ね。なにがいいかな。時間に余裕もあるし、餃子とか？」

「餃子？　めちゃくちゃいい！　ビールも買おう」

蒼生の提案に前のめりになり、今夜の食事が俄然楽しみになる。

「決まりだな」

ニコッと笑いかけられて、やっぱり心音がちょっと速くなった。

単なる食材の買い物さえも、自分の心の変化ひとつでこんなに違って感じる。

手は繋いでいないものの、触れそうな距離を並んで歩いているせいか、蒼生側の手がじわりと熱を持っている感覚がしていた。

必要な材料をカゴに入れながら店内を半分ほど回った時に、蒼生が足を止める。

「あ。悪い、ちょっと買い忘れ。先歩いてて」

「わかった」

蒼生はそう言って、今来た方向へと踵を返した。私は蒼生の背中を少し見送って、再び進行方向に歩き始めた。

頭の中で必要な材料をもう一度並べていく間に、リカーコーナーの案内板が視界に入ってきた。誘われるように、細い通路へ侵入する。

目を上下に動かして、好みの銘柄をつぶやきながら棚をくまなく探す。お目当ての缶ビールを見つけ、手を伸ばしかけた時、間近に人の気配を感じて咄嗟に手を引っ込めた。

「あー、やっぱり。夏純ちゃんだ」

なんの心の準備もないまま、自分のテリトリーに踏み込まれただけでなく、顔を覗き込まれて名前を呼ばれる。嫌悪感が先に来てうっかり怪訝な目を向けたが、その人には見覚えがあって、狼狽えた。

「あなたは……岡本、さん」

かろうじて名前を覚えていた。この間真柄さんとの飲み会の席にいた、自称パイロットの岡本さんだ。

「あ、ええと、こんにちは……」

会話に困って挨拶だけ口にすると、彼はこちらのカゴを一瞥し、図々しく……よく言えばフレンドリーに接してくる。

「へえ～、自炊してるんだ。でもちょっと量多くない？　あ、作り置きしておく感じ？　看護師なら仕事忙しいもんね。俺は基本外食なんだけど」

さらに一歩近づかれ、肩が触れ合う距離感になり、さすがに警戒する。カートの持ち手をぎゅっと握り、詰められた距離を元に戻す。

「夏純ちゃんって、寮生活だったよね。やっぱ男が入るの禁止？」

「え……まあ」

言葉少なに答えると、彼は太い腕を組んで頻《しき》りに頷く。

「そうだよなあ。夏純ちゃん、寮出たら？」

「は？」

急に声をかけてきて勝手に話し始めたかと思えば、今度はわけのわからない提案までしてくる。

呆気に取られるも、岡本さんは私の気持ちには微塵も気づかず、流暢に続けた。

「いやだってさ、ずっと恋愛から遠のいてるのって、そういう生活環境のせいじゃん。自分から変えていかなきゃ、なんにも変わらないよー？　自由も制限されるでしょ。彼氏を自宅に呼べないとかさ」

飲み会の日、確かに私がそう言ったけれど、彼にどうこうしてほしいとお願いしたわけじゃない。

呆れて言葉を失うも、彼は無遠慮に話を掘り下げていく。

「職場って千葉のどこだかの大きな総合病院で、寮暮らしだったよね？　俺の知り合いに、不動産関係の仕事してるやついるから、物件紹介できるか聞いてみるよ。ちょっと待ってて」

岡本さんはやたらと強引に話を推し進め、スマートフォンを操作し始める。

「紹介する時、俺も予定合わせるし。あ、仕事は平気だから。実は俺、夏純ちゃんとまた会えたらいいなと思ってて。だから全然気にしないで」

この人……やっぱりちょっと怖い。常に話の主体は自分で、相手は置いてけぼり。こういうタイプの人は、簡潔にストレートに思っていることを伝えなきゃわかってくれなそう。

「あのっ」

「あっ、その前に夏純ちゃんの連絡先教えてよ。この間、聞こうとしたら解散しちゃったから〜」

はっきり『迷惑です』と伝えようにも、やたらと喋る人だから、タイミングが掴みづらい。

もう一度、と息を吸ったその時。

「教えません」

低い声と同時に、肩に手を置かれて後ろへ引き寄せられた。

「蒼生！」

背後にいるのが蒼生だとわかり、ほっとするも、ピリついた雰囲気が感じ取れて再び緊張する。

「あなたは……？」

岡本さんの質問に、蒼生は私の肩をしっかり掴んだまま、眉をひそめて返す。

「そちらこそ、どなたです？」

「岡本です。この間、友人を交えた飲み会で夏純ちゃんと知り合ったんです。さっき偶然会ったので挨拶を。お互いしばらく恋愛してないって話で盛り上がって。ね？」

なぜわざわざこの場でそんな話をするのか。私的には盛り上がったという感覚はないんだけど……。

しかし、そういった話題が上ったのは事実のため、渋々頷いた。

「まあ……はい」

「それで、そちらは？」

再度尋ねられた蒼生は、不服そうにこちらを一瞥して答える。

「夏純の幼なじみです」

「ああ、幼なじみか。そうなんですね」

今や岡本さんよりも蒼生が気になって仕方がない。

さっきの話……多分面白くなかったんだと想像はつく。さすがにここでは岡本さんがいるし、あとでちゃんと説明すれば……大丈夫だよね？

そう考えを巡らせていたら、蒼生が口を開く、

「今は、ですけど。申し訳ありませんが、連絡先交換や夏純ちゃんという呼び方……遠慮してもらえます？　俺、こう見えて嫉妬深いんで」

驚愕のあまり蒼生を凝視した。

不満そうなのは勘づいていたけれど、まさか出会って数分の相手に宣戦布告みたいな真似をするなんて。

すると、岡本さんが苦笑いをこぼした。

「いやいや……それって、そちらの片想いなんじゃないんですか？　彼女の貴重な出会いを邪魔しちゃダメでしょ」

「貴重な出会い？」

「そう。たとえば自分で言うのもなんだけど、俺の職業はパイロットだから、彼女にとってはめずらしくて貴重な出会いじゃないかな～なんて思うし」

ふたりの応酬を黙って見守っていたが、『パイロット』のワードが出た途端、肝を冷やす。

岡本さん、よりによって蒼生相手にその話題を出しちゃうなんて。擁護する気持ちはないけれど、この先の展開が痛々しいものになりそうで目を瞑りたくなる。

「彼女は看護師をやってるって話だから、お互いの忙しさとか理解し合えて、よきパートナーになれると思うんですよね」

挙句、信じられない発言を投下するものだから、ハラハラした気持ちで蒼生に視線を送り続ける。

蒼生はあえて素知らぬふりを決め込んでいるみたいだったが、ついに核心に触れる質問をする。

「どちらの航空会社ですか？」

それは飲み会の席でも、誰もが聞いてみたいと思いつつも、触れてはならない部分な気がして、暗黙の了解で話題にしなかった質問だ。

岡本さんの反応をさりげなく窺う。彼は目を瞬かせ、その後すぐ取り繕って堂々と答える。

「UALだよ。悪いけど、これ以上はちょっと。職務は極力口外しない主義なんで」

「結構ですよ。UALの職務内容は別に興味ないんで」

蒼生が即答するのも無理はない。蒼生の勤務先が、まさにそこなのだから。

岡本さんは、蒼生の突き刺すような視線にたじろいでいる。

「な、なにか？」

「いや。ベースで一度も見かけたことないなあと思って」

「ベースでって……え？　どういう……」

「今度出勤した時に時間があれば調べてみますね、岡本さんのこと」

「……は？」

さっきまで敵対心剥き出しだった蒼生が微笑むものだから、きっと岡本さんは嫌な予感を抱いたのだと思う。不安そうな面持ちでゆっくり後ずさる。

蒼生は彼を見据え、はっきりと言い放った。

「僕も同職なんで。ああ、というか同僚かな」

彼を窺うと、動揺を隠せないくらいパニックに陥っているよう。

「え？　あ、いや。実は今はもうそこじゃなくて……ほら、面倒だからわかりやすい社名挙げちゃって……」

さすがに私も、内心岡本さんに同情した。

「看護師の彼女とよきパートナーになれる、でしたっけ？　それは確かに一理あると思いますよ。俺と夏純がそうなんで」

「う……。あっ！　そうだ、俺待ち合わせしてるんだった。じゃあ、かす……名取さん！　俺はこれで」

変な言い訳を並べて立ち去った彼を見て、茫然と立ち尽くす。

「よりによって、蒼生と同じ航空会社を言っちゃうなんて」

つい心の中の声が口からついて出ていた。

「別の社名を挙げてたって同じさ。航空大学校の時の知り合いはいるから、確認くらいすぐできる」

私はくるりと身体を翻し、蒼生と向き合う。

「ってことは、やっぱり蒼生も岡本さんが嘘をついているって思ったんだ？」

私は飲み会の時の彼の会話から疑念を抱いていたけれど、蒼生は今ほんのちょっと話をした程度なのに。

「あー……。申し訳ないが、あの体型……規定で引っかかるＢＭＩ数値だろうなと思って。パイロットじゃなく、グランドハンドリングとかそれこそ総合職とか言っていればわからなかったけど」

思いも寄らない理由を聞き、岡本さんを思い返して納得する。

「そっか。体型かあ。パイロットって、なったあとも知識や経験値だけでなく、健康も維持しなきゃならないもんね。本当、大変な仕事……蒼生？」

「夏純が看護師で寮暮らしって、あの男に知られてるのか……。しかも、千葉の総合病院ってことまで」

険しい顔つきに、思わず背中を丸めて小声で返す。

「あ……うん。この間……話の流れで」

看護師なのも寮で生活しているのも、真柄さん経由で間接的に知られちゃっただけなんだけど。

すると、急に手を握られる。

「ちょっ、なに？　いきなりどう――」

「しばらく俺の家を使って」

いつもよりもずっと低い声で言われ、戸惑いを覚える。

「な……なんで？」

「もしも、あの男が寮まで来たら嫌だから」

即答された内容に、目をぱちくりさせる。

「ま、まさかぁ～」

いくらなんでも、そんなこと……。

「さっきの男、どうも自己陶酔型っていうか。普通と違う考え方しそう」

蒼生の言葉に、万が一の可能性を想像してゾッとする。その時、蒼生の手にきゅっと力が込められた。

私の恐怖を察したのか偶然かは、わからない。だけど、繋がれている手から伝わる力強さと温もりに、安心感を抱いた。

「四六時中一緒にいて守りたいのは山々だけど、現実的じゃないうえ、俺は仕事柄帰って来られない日ばかりだ。よって、現段階でできる最大限の対策はそれしかない」

「お、大げさだよ。きっと大丈……」

「心配なんだ。通勤はさほど変わらないから問題ないだろう？　夏純の寮より、うちのマンションの方がセキュリティは充実してる。短期間だけでもそうしてくれ。じゃなきゃ、仕事に集中できなくなる」

真剣な目から切実な思いがひしひしと伝わってくる。

蒼生の仕事に影響を及ぼすのは当然嫌だし、『絶対に大丈夫』と言い切れない時点で多少の不安は残っているから、むしろありがたい提案でもある。

それも短期間と言っているし、元々週の半分くらい通っているわけだから実際生活もそこまで変わらなそうだし……。

じっくり考えた結果、こくりと首を縦に振る。

「……わかった。とりあえず一週間くらい部屋貸してもらう」

生活圏は一緒だから問題ないし、なによりも、それで蒼生が安心するって言うなら。

私の返答を受けた蒼生は、心から安堵した表情を浮かべ、そっと手を離す。

「じゃあ、帰りに寮に寄って必要なもの持って行こう」

蒼生の雰囲気が元通り丸くなって、自然とこちらも緊張感が抜ける。その直後、ふと思い出す。

「ところで、なにか買い忘れたんじゃなかったの？　欠品してた？」

パッと見、なにも持っていない気がして尋ねると、蒼生は左手を開く。

「ああ、ここに……あっ」

途中で言葉が止まったわけは、手の中で袋入りの大葉がしわしわになっていたせい。

「夏純、大葉入りの餃子が好きだからと思って」

背の高い蒼生が、しゅんと身体を小さくしてそうこぼした。

さっきは岡本さんに毅然とした態度を取っていたのに、今は別人みたいにいじらしい姿を見せる。

私は大葉をカゴに入れる。

「刻んで入れるから平気だよ」

笑って言ったあとは忘れずに缶ビールも入れ、私たちは買い物に戻った。

久しぶりの手作り餃子はすごく美味しくて、お酒もいつもより進んでしまった。蒼生も明日明後日はオフで、一緒に飲めて楽しかったというのもある。

そして、ふたりで後片づけを終えたあとお風呂を借りて、今上がったところだ。

「お風呂ありがとう」

「ゆっくりできた？」

「うん。やっぱり寮と比べたらバスルーム自体広くて、いつもより長湯しちゃった」

「そう。よかった。じゃ、俺も行ってくる」

蒼生を見送り、リビングにひとりきり。テレビはあるけれど、特に見たい番組もないので消したまま。

私はふたりがけソファの隅に座った。

どうしよう。キッチンの片づけはさっき全部終わらせてしまったし、布団の支度はあとで一緒にやるって話になっているし、なにもすることが浮かばない。

来慣れているはずの部屋なのに、時間が経つにつれ緊張していく。気持ちが落ち着かなくて、いよいよリビングをうろうろしてしまいそうだったが、ふいに自分のバッグが視界に入って思わず手を伸ばした。

手持ちぶさたの時は、バッグの中身を整理するのがいい。時間があればする行動のひとつだ。

そうしてバッグの中身を覗き、今日蒼生からもらったハンドクリームを取り出した。無香料で保湿力があるハンドクリームを手に塗る。潤った両手を眺め、自然と口元が緩んだ。

ハンドクリームをしまおうとした際、今度は手帳が目に入る。おもむろに手に取り、ゴム製のバンドを外して手帳を広げる。

さっき、食事のあとに蒼生から来月のシフトを聞いたから書き込んだ。

マンスリーカレンダーに人差し指を置いて、横へスライドさせる。自分のシフトと照らし合わせた。

蒼生は明日と明後日はオフ。私は逆にそこは夜勤で、その次の日から二連休、蒼生が国内線……か。思い切りすれ違いだ。そうはいっても、ここに寝泊まりする以上、蒼生がオフの日は顔を合わせるんだろうけれど。

今になって、短期間でも一緒に暮らすという事実に戸惑いが大きくなる。速いリズムを打つ胸に手を当て、呼吸を整えた。

蒼生とは、小学校低学年の頃までは、泊まりに行ったり来たりとしていた。そのうち自然とお泊まりイベントはなくなったものの、交流は変わらずで今に至る。

この間、蒼生から『泊まっていけば？』と誘われたのを頑なに断ったのは、過去とはいえ一度でも好意を持たれていた相手の元で、お世話になどなれないと考えていたため。私の勝手な理由で線を引いたのだから、半端な真似はしないと決めていた。

しかし現状、それを覆したことになる。つまり、私は蒼生のことが好きだと完全に認めたのだ。自ら引いた線を越える覚悟を決めて。

「よし。言う」

自分に活を入れ、手帳をしまったタイミングでリビングのドアが開いた。振り返ると、頭からタオルをかぶった蒼生が立っている。

「待たせて悪い」

お風呂上がりの姿を見るのは初めてではなくとも、やっぱりドキリとする。

蒼生って、ほどよく引き締まっていてスタイルもいいし、なんていうか、容姿だけでなく、仕草がセクシーだ。伏し目がちになりながら片手で無造作に髪を拭く今が、まさにそれ。イケメンが水に濡れると色気が増すのって、なんなんだろう。

「全然平気。私相手に気を使わないでよ」

内心動揺しているのを隠し、普段通りに振る舞う。

蒼生はタオルを首から下げて言った。

「じゃあ寝る準備するか」

「あ、布団出してくれたら私が敷くよ」

蒼生の言葉を合図に、リビング横の和室へ足を向ける。すると、手首を掴まれた。

「夏純はこっち」

「え？」

廊下へ連れ出され、どこへ連れて行かれるかと思えば洗面所。

「そっちこそ、俺に気を使って髪も乾かさずに出てきただろ。ゆっくり乾かしてていから」

そう言われて洗面台を見れば、ドライヤーがセットされていた。

蒼生を待たせたら悪いと思って、髪はタオルドライだけで戻ったのだけど……まさかそんな些細なところまで見抜かれるなんて。

目が合った途端、蒼生がニッと口角を上げる。

「それとも、俺がやってやろうか？」

「いっ、いい！　自分でやる」

冗談みたいに聞こえても、今までの蒼生はこういう冗談を言わなかったはず。つまり、本気なのでは？と考えて、つい身構えてしまった。

するると、私の濡れた髪をひと束摘まんで笑い声をこぼす。

「ふ、残念」

触れられていた髪は彼の手のひらの上に滑らすようにして、するっと解放された。

ほんのわずかに揺れる髪の感覚に、頬が熱くなる。

「布団は俺がやっとくから」

蒼生は柔らかな声音でそう言い残し、リビングへと戻っていく。

その直後、ドライヤーの風を当ててもずっと、髪に触れられた感触が残ったままだった。

約十分後。髪もしっかり乾かしてリビングに戻り、隣接されている和室を覗く。

ちょうど布団を敷き終わったところだったらしい。

「ああ、夏純。準備できたから寝ていいよ。俺ももう休むから」

「え？　でもまだ……」

ちらりとリビングの時計を見れば、午後十時になるところ。

蒼生は明日オフだし、もう少し起きてゆっくりしていてもいいはずなのに。

「俺のことは気にしなくていいって。夏純は明日夜勤なら、早寝した方がいいだろ？　俺もオフくらい規則正しい生活すれば、身体のリセットができてちょうどいいんだ」

「そう……？　ならいいんだけど」

ちょうどいいと言われたら、もうほかになにも言うことはない。

それでも、絶対に私のスケジュールに合わせてくれたのだとわかるから、申し訳ない気持ちは残る。

「それじゃ、おやすみ」

「うん。おやすみなさい」

寝る支度が済んでいた私は、そのまま布団に入った。横になりながらスマートフォンを操作し、アラームを午前七時にセットする。枕元にスマートフォンを置き、薄暗い天井をジッと見て、焦りを滲ませた。

随分あっさりしていたような……。ううん、元々蒼生はそういうタイプだった。だけど、この間、私への特別な気持ちを口に出してからは、時折別人みたいに熱くなったりもしていたし……。

考えごとに夢中になって、全然眠れる気配なんかない。

ずっと変わらない気持ちだって言ってくれたから、こうして蒼生にお世話になると決まったあとは、ものすごく意識していた。

そう思ったわけは、今日一日の蒼生の言動にある。

お土産をくれたかと思えば、『可愛い』なんて言ったり。チョコレートを直接食べさせてくれたり、岡本さんと対峙したあとは、トラブルを心配してこうして私をマンションに連れ帰ってきたりするから。

だから私、今夜はもしかしてなにかあるんじゃないかって……。

悶々と考え行きついた先が独り善がりなものだと我に返り、掛布団に潜り込む。膝を抱えて小さく丸まると、恥ずかしさを打ち消すようにして小声でつぶやいた。

「なにかって、なに……もう」

肩透かしを食らった気分。思いのほか、あっさりしていた蒼生に翻弄されている。自分が恥ずかしい。夜になればいつもと違う雰囲気になるのかも、と勝手に想像して期待していた。その流れであわよくば気持ちを伝えたかった、というのが本音だ。

気心の知れてる相手にさえも、『好き』の二文字は言うのが大変なんだ。世の中の恋人たちみんな、尊敬しちゃう。

なによりも、一番すごいのは蒼生。二回も同じ相手にぶつかっていくなんて。それも、姉弟みたいな近い存在の私に──。

ゴソゴソと掛布団から顔を出し、襖を見つめる。

私だったら躊躇する。現状が壊れるかもしれない恐怖を抱えながらも、一歩踏み出す勇気はなかなか出せるものじゃない。結局私は、蒼生の気持ちを知っているから前向きに伝えようとできているだけ。

だったらなおさら、もたもたせずにはっきり言わなきゃ。

改めて心を決め、瞼を閉じた。


翌朝、私が起きたのはセットしたアラームよりも三十分遅かった。昨夜、気持ちを伝えると意気込んだものの、緊張もあってなかなか眠れなかったせいだ。

身体を起こした時には、すでに襖の向こう側から微かに音が聞こえる。

リビングに足を踏み入れ、キッチンへ近づいていくと、すでに着替えも済んでいる蒼生が朝食の支度をしていた。

「蒼生、どこか出かけるの？」

蒼生は基本的に早起きするタイプ。でも、こんなに早くからきっちりと着替えているのはめずらしいような。

すると、蒼生はコーヒーをカップに注ぎながら口を開く。

「おはよ。昨日の夜、入江《いりえ》に誘われたんだ。あ。コーヒー、夏純も飲むだろ？」

そう言いながら、すでに私の答えは想像できているからか、蒼生はふたつ目のカップにデカンタを近づける。

「うん。ありがとう。ところで入江くんって、あの高校一緒だった？　今でも連絡取り合ってるんだ」

「まあ。会うのは本当、たまにだけど」

「へえ」

コーヒーを注ぐ蒼生の横顔を見つめる。

知らなかった。航空大学校での演習は九州《きゅうしゅう》だったり北海道《ほっかいどう》だったりして、地元からは離れていたし、就職したらしたで忙しく飛び回っていた。だから、昔の友達とは疎遠になっちゃったのかと思っていた。

「九時頃に出るから。夏純は自由にしてて。外出はくれぐれも気をつけて」

「うん」

九時か……。時間はあるにはあるけれど、相手がこれから出かけるってわかっているのに、込み入った話をするのはどうなのか……。

「夏純にトースト頼んでいい？　俺、目玉焼き作るから」

「はーい」

指示を受けて、トースターにパンをセットする。

どう考えても〝今〟じゃないよね。私の気持ちを伝えるのは。

その後、朝の時間はあっという間に過ぎる。結局話は切り出さないまま、蒼生を送り出した。リビングのソファにひとり転がり、「はあ」と息を漏らす。

気持ちはすっきりしないものの、夜勤に備えて仮眠を取らなきゃならない。

結局、いつも以上に浅い眠りで仮眠は終わり、蒼生とは会えないまま出勤した。


仕事のある日――特に夜勤だと、ゆっくり話をする余裕もなかった。

蒼生も仕事となれば、ますますチャンスが限られる。三日なんてすぐに経ち、気づけば週末を迎えていた。

自分がこんなに意気地がないとは……。ちょっとでも特別な雰囲気になれば言えたと思う。しかし、なぜか蒼生は同居生活を始めてから、あまり距離を詰めてはこない。

告白するって、こんなにも難しいんだ。

自分の不甲斐なさに肩を落としながらも向かっている先は、恵比寿《えびす》の居酒屋。

今日は高校のクラス会。案の定、蒼生は欠席すると言っていた。

店の前で一度立ち止まり、気持ちを切り替えてドアを開ける。店員に案内された小上がりの個室には、すでに大勢の同級生が集まっていた。ざっと見たところ、二十人くらい。

「夏純！　待ってたよ～、久しぶり！」

ちょうど手前の席に座っていた彼女は、高校時代に仲の良かった莉々《りり》。

莉々は今、東京でスポーツジムのインストラクターとして働いているらしい。

連絡先は知っているけれど、お互いに忙しいのもあり、社会人になってからは年に数回メッセージのやりとりをする程度。会うのは二、三年ぶりだった。

今回、クラス会に参加すると決めたあと、唯一連絡を入れた相手が莉々だ。

「莉々～！　変わってないね！　元気そう」

「そりゃあね。身体が資本の仕事してますから」

私は莉々の隣に座る。クラス会がスタートすると、初めは緊張していたけれど、懐かしい顔ぶれと一緒にお酒を飲んでいるうちに楽しくなっていった。

席の時間が残り三十分くらいになった頃、莉々がおもむろに立ち上がる。

「ごめん、私ちょっとお手洗い」

莉々を見送ったあとも、テーブルを挟んだ向かい側に座る三上《みかみ》さんと神田川《かんだがわ》くんとの会話は続く。

「ところで、今日は佐伯くん欠席なんだね。イケメンがどんな成長を遂げているか興味あったんだけどなー」

「あー、名取は佐伯と幼なじみだったよな。今も連絡取り合ったりしてんの？」

急に蒼生の話題になり、内心どぎまぎする。

「うん、まあ」

私はグラスを口に持っていきながら、言葉少なに答えた。

毎日のようにメッセージ送り合って、一週間の半分は一緒に食事をしている。ましてや一時的とはいえ、同居している……なんて、絶対に言えない。

別に悪いことをしているわけではないとはわかっている。ただ、そこを正直に話してしまえば、冷やかされる気がして。

「あいつ、ずっと名取のこと好きだったよなあ。卒業後どうなのよ？　恋人関係に発展してたりしないの？」

「え、そうなの？　私、てっきり名取さんは幼なじみだから、周りと比べて親しそうに見えるのかなー、くらいに思ってた！」

「いや、はっきり聞いたわけじゃないけどさ。でも、名取に近づく男子を牽制してたって噂、何回も耳に入ってきてたし」

牽制⁉　そんなの、私だって初耳だし。

興味津々なふたりの視線を受け、俯きがちになってぼそっと返す。

「し、してないよ」

そして、心の中で『まだ』と付け足す。

なんだか嘘をついているようにも思えて、罪悪感に駆られる。だけど、本人にさえまだ伝えてない感情をここで先に言うわけには……。

「ねー、名取さんって、彼氏いるの？」

突然私たち三人の会話に割り込んできたのは、当時クラスの中心にいた女子の鴻崎《こうさき》さん。

鴻崎さんは学生時代、メイクしたり制服を着崩したりして、〝ませている女の子〟のグループだった。今の彼女も、その雰囲気を残していて、さらに垢抜けている感じがする。

「え……いない、けど」

「そうなんだあ」

私とはタイプが違う彼女とは高校時代、必要最低限の関わりしかなかった。だから今、なぜ急に？と一瞬思いはしたものの、蒼生の話に反応したのだとすぐわかった。

当時も彼女が私に話しかけてきたのは、決まって蒼生の話題だったから。

三上さんと神田川くんと背中合わせに座っていた彼女は、自分のテーブルに思い切り背を向ける。そして、本格的にこちらの話に加わってきた。

「イケメンの幼なじみに見慣れちゃってなかなか恋人作れない、とかだったりして」

鴻崎さんの発言に、さっきまでの和気あいあいとした空気が一変する。

「おいおい。あいつの顔がいいのは確かに武器だけど、人間それだけじゃないだろ。じゃなきゃ、俺らみたいな男は恋愛できないことになるし」

「確かにそうかもー。ステータスっていうか、たとえば仕事とか！　稼いできてくれる男の人はやっぱり魅力的だもんねえ。私もそういう意味で、勉強はそれなりに頑張ってたもん。あまり頭悪いとモテなそうじゃない？」

「いや、顔の次は金かよ。もっとあるだろ？　性格がいいとか趣味が合うとかさあ」

神田川くんが苦言を呈するも、鴻崎さんは悪びれもせずに続ける。

「もちろん、そういう部分も見るけど、一番は安定、次に顔でしょ〜。そこいくと、名取さん、ホントいいよね〜」

向かいのふたりは唖然として開いた口が塞がらない様子。そんな中、またもや私へピンポイントで会話を投げかけられ、怯んだ。

鴻崎さんは満面の笑みで続ける。

「だって名取さん、大病院の看護師なんでしょ？　じゃあ、医者もよりどりみどりだよね。私も看護師目指せばよかったかな～。あ。佐伯くんは航空大学校に進学したし。どっちに転んでも将来安泰って感じ？」

「ちょっ、おい、鴻崎。飲みすぎだぞ」

神田川くんがやや厳しい口調で反応した時、鴻崎さんの隣にいた男性が振り向きざまに口を挟んでくる。

「あー、それ。結局、佐伯ってやつはパイロットになったのか？」

この人、当時休みがちで名前忘れちゃったけど……学校に来ていた時には、よく鴻崎さんと一緒にいたクラスメイトだ。

当時ささやかれていた噂では、スポーツ推薦で入学したけれど、なにかの事情で退部して一般クラスに来た直後からよく休んでいる人という話だったと思う。

本当は無言を貫きたかった。しかし、それで今よりもひどい空気になれば三上さんや神田川くんにいっそう迷惑をかけると思い、端的に答える。

「なったけど」

「ふーん。学校真面目に行ってなかった俺でも覚えてるくらい、イケメンだったよな。綺麗な顔立ちだけでも注目されるってのに、パイロットかー。自分は異性に興味ありませんって顔して、心の底では相当モテたい願望あるんじゃね？」

どこまで侮辱すればいいんだろう。

鴻崎さんにせよ、この人にせよ、ちょっと自分の思い込みが強すぎる。そう思うのは自由だけれど、人前で堂々と口にしていい発言じゃない。

「あのね」

堪忍袋の緒が切れる寸前の状態で、テーブルに両手をつく。膝立ちをしたのと同時に、一部がざわついた。

なにかと気になって目を向けると、その人たちが注視する先は、私の斜め後ろにある出入り口。

なにがあるんだろうかと、さらに視線を移そうとした矢先。

「さっ……佐伯⁉」

さっきまで好き勝手言っていた鴻崎さんの隣の男が声を漏らした。

その名前に驚き、首をさらに後ろに回す。視界に入った人物は、紛れもなく蒼生だった。

いるはずのない蒼生の姿に驚愕し、さっきまでの憤りもどこかへ飛んだ。

私が茫然としている間に、ずっと不躾な態度だった男がへらへらとして蒼生に近づいていく。

「あー、聞いてた？　今の。いや。あれは、ほら。冗談……」

「別に。事実だし、気にしてない」

顔色ひとつ変えず、たくさんいる同級生の前でそんなことを言うものだから、再び周りがざわめいた。

ちょっと、蒼生。どうしてそんなこと肯定するの。

悶々とした気持ちを抱え、蒼生にジトッとした視線を向け続ける。すると、まっすぐな瞳を返され、どぎまぎする。

「モテたいと思ってるから。ずっと、ひとりだけに」

蒼生が私をまっすぐ見つめて、周囲の同級生にも聞こえる声ではっきりと宣言した。

理解が追いつかない。……いや、頭ではわかっている。

単にこの現状に、私の気持ちが追いついていかないだけ――。

蒼生はさらに一触即発といった様子で、同級生の男と対峙する。

「ただ、夏純を侮辱するなら話は別だ」

蒼生の口から出てくる言葉は、集まっているみんなから冷やかされるようなものばかり。にもかかわらず、しんと静まり返っているのは、蒼生の雰囲気からそれだけ本気なのだと伝わっているからだと思う。

「あれー？　佐伯じゃない？　来れたの？」

そこに、一連の騒動をなにも知らない莉々が戻ってきた。莉々はきょとんとして、部屋全体を見回し、首を傾げる。

「ん……？　なんかあった？」

周囲のクラスメイトは言い出しにくいみたいで、近くの人と顔を見合わせるだけ。鴻崎さんも、その隣の男もばつが悪そうに眼を泳がせ黙っていた。

重く微妙な空気に堪えられなくなり、口を開く。

「あ……蒼生、仕事は？」

「見ての通り。終わったよ」

「そ、そっか。えーと……座る？」

といっても、もうあと十五分くらいでこの店は出なきゃならないはず。わかってはいたけど、クラスメイトの注目を浴びているこの状況で、まともな判断なんかつかなかった。

蒼生は首を横に振り、しれっと答える。

「いや。夏純を迎えに来ただけだから」

瞬間、また頬が熱くなる感覚に襲われる。

高校時代も登下校をともにしていたとはいえ、さすがに今それを言われると、絶対にみんなのネタにされる。……なんて心配も、時すでに遅し。

到底冷静でいられない私を見かねて、莉々が私の肩にポンと手を置いた。

「夏純、ここから自宅まで遠いって言ってたじゃない。せっかく迎えが来たんだし、もう佐伯と帰りなよ。会費も前払いだったし。ほら、明日仕事なんでしょ？」

「そ、それはそうなんだけど」

にんまり顔の莉々に唖然としていると、今度は三上さんが私のバッグをささっと持って手渡してきた。

ああ、そうか。多分この短時間で三上さんが莉々へ、事の経緯をざっと説明してくれたんだ。

「また連絡するから。じゃあね」

そうして莉々と三上さんの後押しもあり、私と蒼生はその場をあとにした。

地下鉄の駅に向かって歩きながら、沸々と恥ずかしさが込み上げるのを感じる。

さっき中座した時、みんなから生暖かい眼差しを向けられていたのは気のせいではなかったはず。恋愛に免疫がないからか、この程度の出来事に羞恥を覚える。

だけど、懸命になんてことのないふりをして話を切り出した。

「本当に羽田から直行してきたんだね」

それがわかる理由は、蒼生が仕事道具の入ったバッグを持っているからだ。

今回は国内線だったから荷物も少なく、手持ちタイプのフライトケースのみ。これが数日間帰って来られない国際線になると、キャリーケースになる。

「ああ。デブリーフィングが八時半くらいに終わって、すぐ」

デブリーフィングとは、パイロットやCAさんたちの反省会的な会議のことを言うらしい。だいぶ前に蒼生から聞いた。

「私を迎えに来たって言ってたけど、本当にそれだけ？」

だって、そんな予定聞いていなかった。

蒼生の反応を窺うと、こちらをちらりと見て、取り繕う様子もなく答える。

「本当。まあでも、初めは夏純を迎えに来る程度の気持ちで店の外で待ってたんだけど、途中で入江から連絡が来たから」

「入江くんから？」

入江くんといえば、私の席から一番遠くのテーブルにいた。今回一度も話すタイミングなかったけど……入江くんからどんな連絡が来たんだろう。

「夏純が鴻崎に絡まれてるっぽいって。あいつ、高校の時も裏で夏純を目の敵にしてたの知ってるから、それで——」

事情を聞き、愕然とする。

「それで、わざわざお店の中まで入って来たの？」

店の外で待っていてくれていた話でも驚くのに、そんな連絡ひとつで……。

蒼生の性格なら、クラス会にちょっと顔を出すのでさえ面倒だと避ける。なのに、煩わしいことに自分から首を突っ込みに来るなんて。

思わず足を止めて蒼生を見ていたら、どこか気恥ずかしそうに視線を落として言う。

「この間、約束したばかりだったから。夏純を守るって」

「え……約束って？」

そんなの記憶にない。いつの話だったかと一生懸命頭の中でさかのぼっていると、蒼生がゆっくり顔を上げる。

その双眸がとても真剣なものだとすぐにわかって、目が離せない。

「彩夏さん——夏純のお母さんに」

「私の……お母さん？」

ちょっと考えて、はっとする。

もしや、数日前のお墓参りの時のことを言ってる……？

「まだ俺の片想いだから、『守る』の匙加減がなかなか難しいところでは……」

気づけば勝手に手が動き、蒼生の腕を掴んでいた。

「……夏純？」

今、理性よりも感情が自然と上回っているのがわかる。

ここ数日は、頭で考えるばかりでうまくいかなかった。それが、一度感情が溢れ出すと、時間や場所やタイミングもどうでもよくなって、伝えずにはいられなくなる。

「ごめん！　ごめんね、蒼生。私、もっと早く伝えたかったんだけど怖くて……」

蒼生のジャケットの袖口をきつく握る。ひと呼吸おいて、ゆっくり息を吸い込んだ。

「私も好き。蒼生のこと、ひとりの男の人として」

――言えた。

自分の気持ちを直接言葉で伝えたあとは、達成感でいっぱいだ。

肝心の蒼生の反応はというと、どうやら驚いているのか固まってなにも言わない、動かない。

数秒間、止まっていた蒼生がやっと声を漏らす。

「びっくりした……。今の、『ごめん』って、てっきり振られるもんだと」

「えっ！　あ、私わかりづらい言い方しちゃってた」

まさか、そういう反応が来るとは予想していなくて、すぐさま謝る。

思い返してみれば確かに。『ごめん』から始まる内容って、あんまりいい話だと思わないかも。そこまで配慮できるほど余裕がなかった。

瞬間、道端にもかかわらず抱きしめられる。

背の高い蒼生に抱きしめられると、頭からすっぽりと覆い被さられているよう。

通行人がこちらを見ている気がする。だけど、今は周囲の目も気にならないくらいに気持ちが高揚していた。

「ずっと待ってた。夏純の考え方に変化が訪れるのを」

耳の裏あたりでささやかれた。

蒼生の言葉には重みがある。その言葉通り、何年も待たせていたのだから。

私は蒼生の背中に両手を回し、胸に頬を預けてぎゅうっと抱きしめ返す。

「うん。待たせてごめん。変わらずに待っていてくれて、ありがとう」

蒼生の匂いを感じて安らぐ。

蒼生はなにも返さなかったけれど、私の後頭部に大きな手を添え、噛みしめるかのごとく静かに力を込めていた。

ゆっくり距離を取り、視線を交わす。蒼生が私の左頬に触れ、唇に緩やかな弧を描いた。

「勇気を出して一歩踏み出してくれたからには、夏純を傷つけないし、守り抜くと約束するよ」

それは、さながら結婚式の誓いの言葉のよう。

蒼生の表情は真剣で、胸の奥が熱くなる。

身体の芯に消えない火が灯って、大きくなって、心が歓喜で震える。

「絶対に放さない」

そう言って、再びきつく抱きしめられる。

情熱的な腕の中から見上げた先の蒼生は、すごく幸せそうに目を細めていた。

こんなにうれしそうな顔を見るのは、初めてかもしれない。

3．暴きたい、触れたい

中学二年生、夏休み。

エアコンの効いた涼しいリビングで、俺はひとり勉強に没頭していた。

「あーおいっ」

どこからともなく、ひょこっと現れたのは夏純だった。

隣の家の夏純は、もはや家族同然で勝手知ったるといった様子だ。

しかし、いつも家に入ってくる際にはインターホンを鳴らすはずなのに……。俺が集中しすぎていて聞き逃していたのだろうか。

それでもさほど驚かないのは、それだけ夏純がしょっちゅうやってくるからだ。

そんな彼女だが、今週は今日初めて顔を合わせた。夏純が家族で沖縄《おきなわ》旅行へ行っていたためだった。

「夏純。帰ってきてたの？」

「うん！　日に焼けたでしょ。蒼生は焼けてないね」

「それより、インターホン鳴らした？　いや、別にそのまま入ってもいいんだけど、音がしたかどうか覚えてなくて」

「覚えてないってなに？　もう、蒼生ってばまたひとりの世界に入ってたんでしょ」

夏純は口を尖らせながら、ダイニングテーブルの椅子に座って続ける。

「インターホンは鳴らしてないよ。玄関先で蒼生のお母さんに会ったから、そのまま入れてもらった」

「母さんは？」

「研修だって。入れ違いで出て行ったよ」

ああ、そういえば昨日の夜にそんなこと言ってたか。

「蒼生、最近食事をまともに食べない日が多いんだって？　今、聞いたよ？　一緒に食べよう。ちょうど乾麺持ってきたから」

夏純はそう言って、得意満面にトートバッグから素麺を出して見せた。

これまで、休みの日に一緒に食事を作ることはあった。俺自身、ひとりでは面倒だから夏純が付き合ってくれるのは助かるし、うれしかった。

父は単身赴任、母は教諭で仕事が忙しく、六歳離れた兄はしっかりしていたが、四六時中俺のそばにいるわけではなかった。

別にひどい対応をされてきたわけじゃない。幼少期から、決して社交的とは言えない性格の俺にとって、どのみちひとりの時間は必要ではあったと思っている。

だけど、時々無性に寂しい時もあり、それを埋めてくれたのが夏純の存在だった。

就学前に夏純が引っ越してきて以降、親同士が仲良くなり、よく遊ぶようになったのがきっかけだ。

時が経つにつれ、夏純とは姉弟みたいにいっそう親しくなり、気づけば心の奥にあった寂しさなど完全に消えていた。代わりに芽生えたのは、夏純への特別な感情。

それは、歳を重ねた今、家族愛ではないということに気づいていた。

夏純は昔から人の目線に合わせて語りかけてくれるから、こちらに寄り添ってくれる彼女に惹かれるのに時間がかからなかった。

純真な瞳を持つ、素直な性格の女の子。悪いことは悪いと声をあげ、間違いを犯せば隠そうとせずに真っ向から謝れる、そういうところがすごく魅力的に映った。

分け隔てなく接する彼女だったが、家が隣同士なのもあり、ほかの誰よりも共有する時間が多いことを密かに喜んだ。同時に、内向的な性格を棚に上げ、面倒見のいい夏純に頼りきっている自覚も持っていた。

「休日の昼って、麺が多いよな」

ぼやく俺に、夏純は不敵な笑みを浮かべて近づいてくる。

「ふっふっふ。いいもの持ってきたよ。じゃーん！　シークワーサー！　これでさっぱり味変しながら食べよ！」

青々したシークワーサーを両手に持って、眩しい笑顔を見せる夏純をとても可愛いと思った。

その後、俺たちはキッチンに並んで立ち、協力して昼食の準備をする。食事を終えたあと、夏純が白い小さな紙袋を俺にスッと差し出してきた。

「はい、お土産。こっちはシークワーサーじゃないよ」

頬杖をつき、軽く小首を傾げながら渡されたお土産を、そっと受け取った。

「サンキュ。楽しかったみたいだな。顔に書いてる」

「うん！　飛行機って、やっぱりすごいよね！　何度乗ってもいい意味で慣れないっていうか。離陸の時のドキドキワクワク感が好きなんだ、私」

夏純は小学四年生の時に初めて飛行機に乗った。家族で北海道旅行に行ったその時から、短い時間で遠くまで連れて行ってくれる飛行機に魅了されたらしい。

俺も保育園児の頃から定期的に飛行機には乗る機会はあった。けれど、目の前の夏純みたいなキラキラした感想もなく、淡々としたものだった。飛行機は、船や新幹線、車と同じ、移動手段のひとつだと。

「蒼生はずっと勉強してたの？」

夏純はローテーブルの隅に置いたままのテキストを見ながら言った。

「外に出たら暑いし、特に用事もないし」

「だったら、それこそお父さんのとこに行って来たらよかったんじゃない？　今はシンガポールだったっけ？　海外ってどんな感じなんだろう～」

俺の父は外交官で、数年ごとに日本を含めあちこち飛び回っている。

物心ついた頃には母と兄の三人での生活が普通だったが、俺が生まれる前は兄と三人で海外に暮らしていた時期もあったようだ。けど、特に羨ましい気持ちもなかった。

俺はここでの暮らしが好きになったから。

「まあどこにだって魅力はあるだろ。日本だってそういう意味じゃ変わらないよ。ただ、英語力をつけるには海外の方がまだ有利だろうね」

「そっか。それで英語の勉強頑張ってるの？　海外に行った時、困らないように」

「父さんや兄さんに差をつけられたくないだけ」

「ふーん。あ、英語検定、来月だったね。次は準一級だっけ？　私にしたら、十分すぎるくらいだけど、蒼生のお父さんは外交官だし、恵生《けい》くんはオーストラリアの大学行ってるもんね」

父や兄を目指して必死に……というものでもない。今後もし、英語力をつけるためと称し、父の海外赴任についていくのはどうかと提案された場合の保険だ。その時に、十分な語学力があれば断る理由になるから。それだけ。

俺は夏純の隣を離れたくはない。

「やっぱり、お父さんみたいな仕事をしたいとか考えてるの？」

「いや。将来のことまではまだ……」

「そうだよねえ。私もまだピンと来ないもん。あっ」

夏純は突然なにかを思い出したのか、声をあげた。そして、目を丸くしている俺にズイと身体を前のめりにする。

「機内の番組で観たんだけどね！　パイロットの素質について話しててね？」

生き生きと話してくれた内容を精査するとこうだ。

身体的基準とは違い、絶対ではないけれど、パイロットという職務にあたる人物像として、努力・判断力・自己分析・冷静さなどに長けている人が理想的といった話。

「へえ」

俺は夏純にもらったお土産の紙袋を指で遊ばせながら、相槌を打つ。

言われれば、どれも納得のいくものだ。

移動手段のひとつとはいえ、やはり飛行機は特別なもの。それを操縦するには多少厳しい線引きはあるだろうし、技術だけ優れていてもダメなのだろう。

手元を見ていたら、すぐ正面に気配を感じて顔を上げる。すると、夏純が顔を近づけて来ていた。

「でね？ 私、蒼生ってパイロットにぴったりだと思うの！」

「は？ どこが」

突拍子のない発言に、さすがに動揺した。

眉間に皺を寄せながら聞き返すと、夏純は人差し指を立てて答える。

「たとえば、夏休み入る前の文化祭の話し合い！ 石田《いしだ》くんたちが中心になって中立の生徒も取り込んで、強引に進めようとしていたでしょ？」

「あー、あれ」

クラスメイトの石田が、自分のやりたい催し物を押し通そうとしていた出来事だ。

「うん。あの時、蒼生が『クラスの出し物だから、まずはクラス全員の意見を聞くべき』って言ってくれたから、わだかまりなく話し合いを終えられたでしょ」

不穏な空気になりそうだったから、なんとなく口にしただけなんだけど。

夏純は瞳を輝かせて前のめりに力説する。

「パイロットって、協調性も大事だけど、数に負けずに反対の意見をきちんと言えて、それを説明して納得してもらう。そういう人が向いてるんだって」

「文化祭の件はたまたまだよ」

「私はそうは思わない。蒼生は確かにひとりでいるように見えるけれど、協調性がないわけじゃないし。発言力があるのはみんなから信頼されている証拠だと思うし」

真剣な顔で食い下がられて、思わずたじろいだ。

夏純はさらに白熱する。

「なにより、昔から周りが見えててスムーズに進むようフォローしてるの、知ってる。自分は自分で努力もしてて、自他ともにいつでも客観的に見て冷静な判断をする。大人みたいでカッコイイよ」

今の俺は、夏純の目にそんなふうに映っているのか。大人みたいでカッコイイ、と。

うっかりすると、表情が緩んでしまいそうで、さりげなく唇を引き結ぶ。

「それに、顔も綺麗だし、きっと制服もすごく似合うよ！　そうしたら、制服姿見せてね！」

無邪気に言われ、思わず苦笑する。

「結局、動機が不純だな」

「なによー。いいじゃない。飛行機に乗ったって、パイロットの制服を間近で見ることってそうそうないんだから」

そのあとも、俺みたいに自分を持っている人が向いているのだと熱弁を奮う。

パイロットの制服がそんなに好きなんだろうか。まあ、確かに誰でも着られるわけでもないと思えば特別感があるのかもな。

夏純に動機が不純だ、と言っておきながら、一番不純なのは俺だと思う。

パイロットを目指すようになったのは、彼女の『パイロットにぴったりだと思う』という、そのひとことだったのだから。

＊＊＊

週が明け、中日を過ぎた。俺は今、ロンドンにいる。

同窓会の翌日からは、俺と夏純のシフトはすれ違い気味だった。

夏純が二日連続夜勤で、俺は一日目はオフ。二日目は国際線フライト、といった感じだ。

二日間現地オフだったのだが、今日ようやく日本へ帰る。その間に、夏純が俺の家で暮らす約束の期限は過ぎていた。だけど、夏純はまだ俺の家にいる。

理由は明瞭、俺が海外にいる間にひとりで帰すのが心配だったから。

仕事がある日だったとしても、せめて、日本国内にいる日にしてほしい。そう伝えた結果、今回のフライトから戻ってきてからということになっている。

復路のコックピットクルー合同ブリーフィングが終わり、コックピットに入る。席に着き、「ふう」と息を吐いた。

夏純とまともに会えるのは、五日ぶり。早く会いたい。

そんな私情を押し込んで、目の前の仕事に向き合った。

「I'm ready for the checklist.（チェックリスト準備ができました）」

チェックリストの項目を順に読み上げ、キャプテンとともに入念に確認していく。

すべての項目の確認をつつがなく終えた。

「Preflight checklist complete.（飛行前チェックリスト完了）」

チェックが完了したといういつもの文句を口にしたあとは、いよいよ離陸するだけ。

「佐伯、なにかいいことあったのか？」

ふいにキャプテンから問いかけられ、不思議に思いながら返す。

「え？　特には」

「そうか。いや、なんとなく表情がうれしそうに見えたんだ」

キャプテンの言葉を聞き、内心照れくさくなった。おそらく、このフライトを無事に終えれば夏純に会えると考えていたことが、顔に出ていたんだろう。

それに気づいた俺は、ぽつりと返す。

「……帰れるのは、やっぱりうれしいんで」

「だな。よし。今日も安全飛行で行こう。それが待っている人に会える最短ルートだ」

「ですね」

言葉少なに答えながら、俺は制服のポケットの上から〝お守り〟に触れる。

それから五分後。定刻で離陸し、日本へ向けて出発した。

無事に帰国したのは、時差もあり翌日の昼。事務処理等を終えて自宅に着いたのは夕方だった。

午後六時半を示す時計を見て、おもむろにソファを立つ。カウンターテーブルの上に置いてある卓上チェストの引き出しを開けた。

引き出しの内側は仕切りがあり、三分の二のスペースには筆記用具。そして、残りのスペースには、深い海の色をした〝ほたる玉〟のストラップが入っている。俺のお守りだ。

そのストラップを丁寧に摘まみ上げ、手のひらに乗せた。

長年の想いが実り、夏純の恋人になれた日の夜。正直に言うと、昂る気持ちのまま自分のものにしたい欲望はあった。だけど、感情のまま動くことはしなかった。

どうにか理性で抑えられたのは、あの頃に言われた『自他ともにいつでも客観的に見て冷静な判断をする。大人みたいでカッコイイ』の言葉だと思う。

こんなに長く一緒にいれば、カッコ悪いところだって見せていたはず。それでもやはり、カッコよく思ってほしいと願っている自分がいる。

ほたる玉の部分を大切に握りしめ、瞼を閉じる。すると、玄関のドアが開く音が聞こえた。俺は手に持っていたストラップを元に戻し、玄関まで出迎える。

「おかえり、夏純」

「ただいま。蒼生もおかえり」

夏純は笑顔でそう言って、靴を脱いだ。

「ああ。ただいま」

「何時くらいにこっちに着いてたんだっけ？」

「昼過ぎ。そのあとは羽田ベースで仕事して、夕方に家に帰ってきた」

「羽田かあ。結局羽田も多いよね。ここの家だと、成田は近いかもしれないけど、羽田は遠いでしょ」

夏純の指摘は間違っていない。

本来なら両空港の中間地点など、もっと通勤に便利な場所に住むことはできる。そうしなかった理由は、言わずもがな夏純の職場が近いからだ。

夏純とは航空大学校に通っている時だけ、離れ離れになってはしまったが、無事に卒業し、就職もしている今、できる限り近くにいたかった。

こんなふうに重い想いを抱いていたことさえ、鈍感な夏純は気づいていなさそうだけれど。

「いや。ここを借りた時は、成田ベースがメインって話だったんだよ」

「そうなの？　だったら、なんか納得いかなくない？　会社に言ってみたら？」

「いいんだよ。この街も結構気に入ってるから」

俺は笑って適当にごまかした。そのあとは、これまでと同じ。今夜の食事の準備を一緒にして、ダイニングテーブルを挟んで向かい合って座る。料理を口に運んで笑い合いながら、心地のいい時間を過ごす。

「今日はね。患者さんの中でお誕生日の人がいて。みんなでお祝いしたら、泣くほど喜んでくれたんだよ。先輩たちの協力もそうだけど、同室の患者さんの理解と協力がなかったら、あんないい時間にはならなかったと思う。私もうれしかったんだ」

「そうなんだ。毎日病室で懸命に病と闘っているんだろうから、お祝いがうれしかったんだろうな」

「うん。少しでも気分転換になってくれたらいいなと思ったんだけど、喜んでくれてほっとした」

うれしそうに話す夏純を見て、こっちも穏やかな気持ちになる。

これが俺の好きな時間。この瞬間を恋しく思って、いつもコックピットの操縦席に座っている。

つくづく、人の世話をする仕事は夏純の気性に合っていると思う。ただ、彼女が看護師の道を選んだのには、ほかに理由があった。

彼女の母が、なんの前触れもなく、突然旅立った……という悲しい出来事がきっかけだ。

あの時の夏純は、あまりに突然のことで気持ちが追いついていなかった。いや。夏純だけではなく、夏純のお父さんも俺たち家族も同じだった。

彼女は二度と同じ苦しみや悲しさを味わわないために……また、誰かを救えるのなら助けになりたい気持ちもあって、看護師を志したのだと俺は感じている。

食事が済んだら食器を片づけ終え、ソファに座った。そこに夏純もやってきたものだから、隣に座るのかと思ってスペースを広く開けた。しかし、夏純は隣に座らずに、神妙な面持ちでなにか言いたげにしている。

「あのさ。私、明日から寮に戻るね。もう一週間以上になるし……」

夏純がうちに泊まり始めてから、今日で十日目。

偽パイロットの男の一件で心配する気持ちは、決して嘘ではない。とはいえ、過剰に長く警戒しすぎて、変に夏純の神経がすり減っても困る。

本音を言えば、このままここにいてほしい。だけど、今回の同居はなんの準備もなく始めたことだから……。

「わかった」

ひとこと答えると、夏純の顔から緊張が取れたのがわかる。

俺はおもむろに夏純の手を取り、口角を上げた。

「ところで夏純、気づいてた？」

「な、なにが？」

動揺した声を漏らす彼女を、さらに手を引いて隣に座らせる。そして、手を繋ぎ直して改めて顔を覗き込んだ。

「来週の金土、ふたりとも休み」

「え？　本当？」

黒い瞳をまんまるにしているところを見れば、まったく気がついていなかったのだろう。

「予定は？」

尋ねながら、驚く彼女の手をきゅっと握る。自分でも意外なほど緊張していた。

休みの都合を聞くのは初めてでもないのに、関係性が変わっただけでこんなにもドキドキするものなのか。……いや、それはそうかもしれない。なぜなら、この想いはきっともう二十年以上。念願叶って俺の手を掴んでくれた彼女との、記念すべき初デートなのだから。

緊張を顔には出さないように平静を装っていたら、夏純はぽつりと答える。

「特にないよ」

瞬間、うれしさに胸が弾んだが、それも表に出さずにやり過ごす。

「じゃ、一緒にどっか行かない？　泊まりで」

気負わず、さらりと言えたと思う。

俺の誘いを受けた夏純は、予想通り目をぱちくりとさせて驚いた様子だ。あちこち視線を彷徨わせ、最後は上目遣いでこちらを見ながら小さく聞き返される。

「う、うん。わかった。でもどこに行くの？」

とりあえず、デートの誘いは承諾してくれて心から安堵する。

そこからは、もういつも通り接することができた。

「車も走らせたいし、関東近郊とか……。夏純が行きたいところはない？」

「うーん。あ、アクティブな旅よりは、ゆったりできる旅がいいかな？　自然散策とか温泉とか？」

「温泉、ねえ」

にこやかに提案をする夏純を一瞥し、心の中で深い息を吐く。

温泉って……なにもわかっていないんだろうな。

ただでさえ一泊旅行で気持ちが落ち着かないのに、温泉をメインにしたらよこしまな感情が前面に来てしまうんだけどな。まあ俺の知る限り、夏純はこれまで恋愛には消極的だったし、それだけ純粋なんだろう。そういうところも好きだから仕方がない。

胸の内で苦笑していたら、ぱちっと目が合った。すると、彼女は肩を一瞬揺らして白々しく顔を背けた。小さい耳が薄っすら赤いのに気づき、言葉では言い表せない感情が込み上げてくる。

別にもう恋人同士なのだから、我慢しなくていいのかもしれない。だけど、夏純を大切にすると心に誓っているし、なにより彼女が普段の振る舞いとは裏腹に、どれだけ繊細な人間かを知っている。

「蒼生に任せる」

本当は一緒にあれこれ話して決めたかったけれど、照れくさくなっているのがわかる。来週末のことで話し合う時間もあまりないし、今回は仕方がないか。

「了解」

普通に受け入れたはずが、夏純は気まずそうな顔をしたままだ。

気になって視線を送り続ける。

「あの」

「ん？」

意を決したように切り出され、こちらも少し身構えた。なるべく気にさせないように自然体で聞き返し、夏純の顔を覗き込む。

「別に行きたいところがないとか、そういうことじゃないからね。でも初めてだし、よくわからないから……。だから、今回は蒼生が行きたい場所についていきたい。次は私も意見できるように考えておく」

夏純は恥ずかしさからか早口で言い、最後にちらりと伺いの目を向けてきた。

こういう素直さが、昔から可愛いなと思う。

「え、わっ」

堪らず夏純の腕を引いて、抱きしめる。夏純は俺の胸の中で、困惑しているのかカチコチに固まっていた。そんな反応さえも愛らしくて、同じシャンプーの香りがする艶やかな髪に頬ずりをする。

俺の気持ちだけで言うなら、今度の休みは飛行機で海外まで行って、現地の美味しいレストランに案内して、息をのむような夜景を眺めながら、最高のひとときを送りたい。

しかし、それが叶わないのは時間がないからではなく、夏純の心には深い傷が残っているためだ。

彩夏さんは、夏純が修学旅行で不在にしている時に倒れた。

病院に搬送され、彼女のお父さんに連絡が行き、それから学校へ……。夏純の耳に彩夏さんの情報が来たのは、半日が過ぎていたとあとから聞いた。

当時、中学生だった俺たちは、旅行中のスマートフォンの持ち出しは禁止されていたし、不運にもその日は朝から自由行動で、引率の先生もすぐには夏純を探し出せなかったらしい。

それから、夏純は引率の先生ひとりと一緒に、クラスメイトよりも先に帰宅することとなり……。夜に搬送先の病院にたどり着いた頃には、彩夏さんは帰らぬ人になっていた。以来、夏純は飛行機を避けるようになったのだ。

悪い報《しら》せを聞かされて動揺するままに乗った、あの日のフライトの記憶がこびりついて消えないのだろう。

けれど……俺はそれをわかったうえで、パイロットの道を選んだ。

『離陸の時のドキドキワクワク感が好きなんだ、私』

そう笑って話していた彼女は、今どこにもいない。

それでも、夏純は少しずつ前に進んでいる。

看護師として日々奮闘している夏純も、徐々に俺の仕事の話にも耳を傾けてくれるようになった夏純も、お墓参りに行って笑顔になる夏純も。

痛みを乗り越えようと頑張る彼女は、誰よりも強くて健気で、愛おしい。

いつか、彼女が過去の痛みを乗り越えた時に、手を差し伸べたい。そして、飛行機に対しても、俺の存在を利用してでも安心感を持ってもらえたら本望だ。

だって、彼女はあの日までは本当に飛行機が好きだったのを俺は知っている。

「無理しなくてもいい。夏純が行きたいところが見つからない時は、俺が行き先を見つけて連れていく」

やさしい気持ちで伝えて、ゆっくり腕を緩ませる。おずおずと距離を取った夏純は俯いたままだ。

俺は改めて彼女の両手を包み込み、額を軽くぶつけた。そして、鼻の頭でキスをして、赤らんだ頬を摘まむ。

その顔に「ふ」と笑いをこぼすと、夏純が怒った。

「もう、なにす――」

彼女が視線を上げた瞬間、それを待っていたかのように唇を奪う。

俺は完全に言葉を失った夏純を見て微笑みかけ、もう一度キスをした。

約一週間後。

明日はやっと休みだ。夏純との一泊旅行の行き先は長野《ながの》県に決めた。

プランとしては、夏純の夜勤上がりに出発をして、移動中に夏純が仮眠を取れるようゆっくり目的地へ向かう。そして、夕日が沈む時間帯に雲海を望めるテラスがあるカフェレストランへ行き、温泉付きの宿泊施設へ。翌日はチェックアウトをしたあと、いちご狩りをして帰宅する予定だ。

「おはようございます、佐伯さん」

機内に乗り込んだ直後、ひとりのＣＡに声をかけられ足を止めた。

「おはようございます」

挨拶を返し、顔を見る。見たことはあるクルーだ。名前はわからないが、何度かフライトが同じだったことがあるのだろう。

それにしても、やたらと人の顔を品定めするようにジロジロと見てくるのはなんなのか。はっきり言って、居心地が悪い。

「今日はよろしくお願いいたします」

「よろしく」

必要最低限の会話だけをして、コックピットへ向かった。

今日は羽田と新千歳《しんちとせ》空港の往復。

無事にフライトを終え、その日のデブリーフィングも済んだ。

帰り支度を済ませ空港内に出ると、偶然今日一緒だったＣＡと出くわした。

「お疲れ様です」

完璧な笑顔の彼女に、会釈して「お疲れ様」とひとことだけ返す。再び歩き出せば、彼女の足音もついてきた。

もしや、駅まで一緒か……。面倒だな。

就職する前も、したあとも、夏純以外の女性と話すのは正直苦手だ。苦手……というより苦痛といった方がしっくりくるかもしれない。

「佐伯さんって、ステイの時にチームのメンバー全員参加の食事以外はお見かけしませんが、いつもなにをしてらっしゃるんですか？」

少し後ろを歩く彼女がわざわざ俺の名前を呼んでから話しかけてくるから、安易に無視もできない。

「特に、なにも。部屋で休んでるくらいですが」

前を向いたまま、淡々と質問の答えを返した。

多分、夏純がこんなところを目の当たりにでもしたら、『冷たすぎ。もうちょっと笑顔で振る舞え』って怒るかもな。

こんな時でさえ、頭に浮かぶのはひとりだけ。

そんな自分に笑ってしまいそうになるのを堪えていて、後ろにいる女性の存在を忘れかけていた。

しかし、彼女はほかの女性とちょっと違っていて、俺の素っ気ない態度をものともせず、さらに質問をしてくる。

「ホテルに籠っているのも持て余しません？　もしや勉強されていたり？　いつも周囲から優秀だと噂を耳にしますし、努力を怠らないんですね」

朗らかな声で言われても煩わしさが勝り、思わず立ち止まって一瞥した。

「あの。悪いけど、過剰に褒められるのは性に合わないから」

それに不信感が増すだけだ、と心の中で付け加える。

彼女はぽかんとしたあと、あろうことかくすくすと笑いだした。

「やっぱり、佐伯さんって裏表のない人ですね」

こういう反応を示す女性はいなかった。大体、会話が途切れて気まずい顔をして去っていくことがほとんどだった。

そういう反応ではない彼女に、面倒な予感がして眉根を寄せる。

彼女は俺の前までやってきて、こちらを見上げた。

「そんな佐伯さんが、さっきデブリーフィング後にほんの少しそわそわしていたのを見たんです。なにか楽しみでもあるのかな？と興味を引かれたんですが」

予想だにしない指摘に内心動揺したが、すぐに気持ちを立て直す。平静を装って

『なんの話だかわからない』といった目を向けた。しかし、彼女はまったく動じず、笑顔を返してくる。

「結構観察眼あるんですよ、私。日頃お客様のご要望にいち早く気づくようにしているので身についたんです」

「素晴らしい特技だが、今回のことは気のせいじゃないか？」

軽くあしらって、彼女を避けるように左足を踏み出すや否や、行く手を塞がれる。

「それはそうかもしれません。でも、私が佐伯さんに興味があるのは気のせいなんかじゃないですよ」

彼女は終始、仕事中の時と同じ笑顔だ。だから、なにを考えているのかいまいち掴めない。

「質問にはいくらでも対応しますよ。仕事に関することに限るけど」

そう告げたあと、足早に彼女の元から立ち去った。

やや苛立ちながら駅の改札をくぐる。

せっかく温かい気持ちで帰路についていたのに、水を差された気分だ。にしても、そんなそわそわ感を出していただろうか？　仕事中はプライベートを切り離して過ごしていたはずなのに。フライトも終わって無意識に気が緩んだか……。

電車に乗り込み、窓に映る自分の顔に焦点を合わせる。

夏純を想って緩んだ表情の自分を目の当たりにして、気恥ずかしさを覚えた。

それから約一時間半かけて、自宅マンションに到着する。

ひとりの食事はいつも簡素なもの。

食事を終えたら片づけをして、明日の準備を終わらせる。

最後はスマートフォンのアプリで週末の天気をチェックして、早めに布団に入った。


目が覚めたのは、アラームが鳴るより前だった。

時計を見ると、午前六時。夏純のシフトは九時上がり。だが、いつも最低三十分は延長して仕事をしているから、ここへ来るのは早くても十時過ぎだろう。

朝の準備をするには十分時間があると思い、悠々と起き上がった。

顔を洗い、着替えを終えてからスマートフォンの充電を確かめる。すると、夜中に夏純からメッセージが来ていたことに気がついた。

なんとなく嫌な予感を抱きつつも、メッセージを開く。


【蒼生、本当にごめん】

一行目を見て、『やっぱりな』と予感が的中したのを悟る。そうして、続きを追う。

【明日……っていうか今日、夜勤になった。お世話になってる先輩のお父さんが倒れたらしくて】

事情を読み、深いため息とともに脱力した。

【本当に本当にごめんね。キャンセル料は私が出すから。蒼生にも必ずなにか埋め合わせする】

スマートフォンをカウンターテーブルに置き、しばらくそのまま見つめた。

腹立たしさはない。自分を蔑ろにされたとも思わない。夏純がこのメッセージをどれだけ悩み、心を痛めて送ってくれたかが手に取るようにわかる。

彼女が、目の前に困っている人がいれば放っておけない性格なのは、わかっている。むしろ、仮に夏純が先輩の事情を知っていながら知らんふりをして休んでしまうような人間なら、きっと俺は好きになどなっていなかった。

「夏純らしいな」

笑いをこぼし、再びスマートフォンを手に取る。

まずは予約をしていた宿泊施設にキャンセルの電話を入れて……。一旦予定を白紙に戻して、もう一度練り直そう。記念すべき第一回目のデートがダメになったわけじゃない。

現状を考慮し、すぐさま頭を切り替える。その後、午前九時半過ぎに着信が来た。

「夏純？　お疲れ様」

『蒼生！　メッセージ見てくれたよね？　本当にごめんね。相談せずに勝手に決めて』

「あの時間じゃ仕方ないだろ。俺もメッセージにすぐ気づけなかったし」

電話越しにでも、彼女が落ち込んでいるのがわかる。

「とりあえず、今日もまた夜勤なんだろう？　早く帰って風呂にゆっくり浸かって、休めよ」

『……うん』

元気のない声を聞き、どうにかしたくて提案する。

「で、夜勤後デートする？」

『え？』

「日帰りで一緒に出かけようか。夏純さえよければだけど。夜勤明けできつかったら、無理にとは」

『ううん！　行きたい。今日の夜勤分、休みを繰り下げてくれてるし平気』

打って変わって明るい声になった夏純に、心から安堵する。

窓際にゆっくり移動し、レースのカーテンの隙間から夏純の勤務先の病院を眺めながら言った。

「なら、行こう。行き先は？」

『うーん。できれば、蒼生が計画してくれてた中のどこかがいいかな』

ちょっと恥ずかしそうにそう答える夏純が可愛くて、自然と笑顔がこぼれる。

「わかった。とりあえず、明日仕事が終わったら連絡して」

『うん。蒼生……ありがとう』

夏純の声が微かに震えかけていた気がする。

「気にしなくていいから。それより、職場の人のご家族は大丈夫そうなのか？」

『幸い大事には至らなかったみたい。さっき仕事上がる前に上司から報告受けた』

夏純の声色が元に戻ったのを感じ、胸を撫で下ろした。

「そう。よかった。それじゃあ、明日な。おやすみ」

『おやすみ』

夏純との通話を切ってもまだ窓から外を眺め、広い空を見上げた。

幸運なことに、明日の天気も晴れ予報。きっといい日になる。

「ね、どこへ行くの？」

車に乗り込むなり、夏純が言った。俺はフロントガラスから空を見て答える。

「雲の上」

「雲のって、え？　登山？」

「夜勤明けで登山はきついだろ。ロープウェイで上るんだよ」

「ロープウェイで雲の上……想像できない。楽しみ」

夏純が噛みしめてつぶやくのを見て、笑みがこぼれる。

「遠出だから、移動中は寝てて。着いたらちゃんと起こすから」

「ん、ありがと」

はにかむ夏純に胸が小さく震え、俺は彼女の頭をやさしく撫でた。

行き先は、元々行こうと予定していた長野県。有料道路を利用して北上し、目的地へ到着したのは午後四時前。

車を駐車場に停め、眠っている夏純に声をかける。

「夏純。着いた。起きれそう？」

「ん……」

夏純は軽く目を擦りながら、ゆっくり身体を起こしていく。まだ瞼を重そうにしながらも、俺を見てふにゃりと笑った。

「おはよー……もう、到着？　ごめ……私、熟睡し――」

起き抜けの無防備さが可愛くて、思わずキスをしてしまった。

「ちょ……急に、こんなとこで」

「運転中は我慢したから許して」

おどけて返すと、顔を真っ赤にした夏純が俺の腕をバシッと叩く。

こんなふうに耳まで赤くするくらい俺を意識してくれていることが、ものすごくうれしい。

俺たちふたりは車を降り、ロープウェイのチケットを購入して山頂を目指す。

乗り場の時点で景色はよかったが、やはり上へ行けば行くほど望める景観のスケールが違う。

眼下に広がる緑と小さく見える街並み。日頃とは別の世界に、夏純は完全に目も覚め、引き込まれた様子だった。

「すごいね！　下の方に山がある。それだけ高いところに来たってことだよね」

かくいう自分も、空の上からの景色は仕事柄いつものことではあるものの、こんなふうにゆったりと時間をかけて上るの初めてだし、また、ロープウェイを降りたあとの自然の空気の美味しさはコックピットからは感じられない貴重な体験だった。

心の中でそんなふうに考えていたら、夏純に顔を覗き込まれる。

「あ〜、そっか。そりゃ蒼生はテンション上がらないよね。だって、いつもこの高さなんて比じゃないくらい上にいるんだもん」

「それとこれとは別。っていうか、テンションならずっと上がりっぱなしだけど？」

「え？　蒼生が？」

夏純は意外だとでも言わんばかりに、目を大きくさせている。

「俺のことなんだと思ってるの、本当」

ため息交じりにつぶやいて、華奢な手を握った。

「そりゃあ浮かれるだろ。夏純とデートしてるんだから」

瞬間、夏純の驚き顔が、今度は照れくさそうになって頬がほんのり色づいていく。

「だ、だけど、一緒に出かけるのは別に初めてなわけじゃないのに」

そっぽを向きながら憎まれ口を叩く彼女の手を、グイッと引き寄せる。

「幼なじみとして出かけるのとは、全然違うよ」

間近でこちらを見上げる綺麗な瞳が、恥ずかしさで揺れる。その瞳の中には俺だけが映っていると思うと、うれしさが込み上げてきた。

その後、十数メートル先の柵のそばまで行き、雲を眺める。運よく風もほとんどないおかげか、雲の海が歓迎してくれた。

「山の上はやっぱちょっと寒いな。このあたり少し回ったら、向こうのショップに入ろうか」

そうしてショップを見て回り、五時半過ぎになる頃にはさらに上へ移動した。

五分程度歩いて到着したのはレストラン。店の看板を見るなり夏純が目尻を下げる。

「〝雲のレストラン〟だって。可愛い名前」

「料理も、雲をモチーフとしたものがいろいろあるらしい」

「そうなの？　楽しみ」

「ディナーにはちょっと早い時間だけど……ごめん」

これから帰ることを考えたら、七時台には出発したかった。

実は、夏純も代休をもらったなら、一日ずらして当初の宿泊予約を変更してもいいかもと頭を過《よぎ》った。だけど、運悪く土日になってしまったために満室だったのと、イレギュラーで夜勤が続いた夏純の身体を考えたら、明日一日は家でゆっくりした方がいいと思った。

「全然大丈夫。だてに普段から不規則な生活してないよ～。なんてね」

おどけて答える夏純に笑顔を返す。

夕食にはいつもより早い時間かもしれないが、昼は途中のサービスエリアで軽く済ませただけだったから、きっと夏純もほどよくお腹は空いているはず。

そうして案内されたのは、予約時にお願いしてあった窓際の席。

ここはフルコースがあるような形式ばったレストランではなかったけれど、前菜のサラダとスープ、メインの肉料理。そしてパスタと、十分な量だった。

なにより、一品一品が、雲をはじめ星や月など空にちなんだデザインが見え隠れしていて、夏純がとても喜んでいた。

最後に飲み物とデザートが運ばれてくる。

「わあ！　見て、蒼生。フォームミルクが雲の形になってる！　これも可愛い！」

「凝ってるな。皿や盛りつけもそうだし、パイスープのパイも雲みたいに立体的だったし。料理自体に店のこだわりを感じる。人気があるのも頷けるよ」

「本当だね。このケーキだって、見た目からしてふわふわしてるのがわかるよ」

夏純はフォークも手に取らずに一生懸命、ケーキをいろんな角度から眺める。

その仕草を温かな気持ちで眺めていたら、窓から眩しい光が射し込んできた。

腕時計を見ると、午後七時十分前。料理をゆっくり堪能していたら、ちょうどいい時間になっていたようだ。

「夏純、外見て」

声をかけられたのを合図に、夏純は視線をケーキから窓の外へと移す。

「う……わあ。なに、この景色……！」

継ぎ目のない大きなパノラマウインドウから見えるのは、神々しい夕陽の中に広がる雲の絨毯。さっき見た際には白い雲だったが、今は夕陽に照らされて赤みがかっていたり、黄みがかっていたり、美しかった。

「日の入りの時間に見られる景色なんだって。これを一緒に見たくて」

コックピットからも、一面の……いや。二百度以上あるウインドウから、雲に囲まれた景色は見られる。だけど、地上から手を伸ばせば届きそうにも思える距離にある、自然の繊細な景色を見るのは格別だった。

もちろん、一緒に見ている相手が大切な人だから、よりいっそう――。

「蒼生ってロマンチストなんだね」

「は？」

「だって、素敵な景色を見るために、タイミングを計算してここまで連れて来てくれたんでしょ？　もっと言えば、本来の行程からここを選んでくれたのも同じ理由じゃないの？」

夏純は柔らかく微笑んでそう言った。

夏純の予想は的中している。それだけに、どうも照れくさくて、コーヒーカップを口に運んでごまかした。

「夏純の笑った顔が見たいから。それだけだよ」

その先になにか下心があるわけでなく、今この瞬間、綺麗な景色につられて優美に微笑む夏純をずっと覚えていたい。

すると、今度は夏純が手をもじもじと動かした。

「えっと……ありがとう。本当にうれしい」

面映ゆそうに目を細めて言われ、幸せな気持ちで溢れた。

千葉に戻ったのは午後十時半前。

「もう着くね。あ、まっすぐ蒼生のマンションに行っていいからね。寮近いし」

「わかった」

寮の前で下ろして別れるか、俺の部屋に誘おうか迷っていたから、夏純の申し出にうれしくなった。まだもう少し一緒にいられる。

自宅マンションの駐車場に車を停め、エンジンを切る。シートベルトを外していた時、夏純が声をあげた。

「あっ、そうだ。私、蒼生の家に忘れものしてたんだ」

「ああ。化粧品と服？　じゃ、うち寄って持っていけば？」

「そうする。急ぐものじゃないんだけど、だから余計にいつまでもそのままにしちゃいそうだし」

夏純は冗談交じりに言って、ドアハンドルを引いた。

俺たちは車を降り、エントランス方向へ先に歩き出す。一歩前を歩く夏純の後ろ姿を見つめ、心の中で苦笑する。

こういう時間に、しかもデートの夜に、俺の部屋に上がっていくことについては深く考えていないんだろうな。まあ、これまでの幼なじみの関係が、急に変わるものではないとは思っている。何年でも待つつもりでいたし、実際十年以上待っていた。今さら、我慢しきれないってことはないだろうから、気長に……。

エレベーターを降り、玄関にたどり着いた。部屋に入り、すぐに夏純の忘れ物を取りに行く。リビングで立ったまま待つ夏純へ、忘れ物をまとめた紙袋を差し出した。

「わ。まとめてくれたの？　ありが……」

夏純が紙袋に手を触れる直前、俺はそれを引っ込めた。

当然、夏純は目を丸くしてぽかんと固まっている。

「もう今夜は……このまま泊まっていったら？」

ついさっき、『待てる』『我慢できる』と自負していた。だけど……こんな時間に俺の家までついてきているのに、あまりにも夏純に〝自覚〟がないから。

恋人同士になってから、彼女が俺を意識していると感じた場面は何度かある。だから余計に、あの表情を引き出したい。今、ここで。

もう、ただそばにいて見つめていただけの頃には戻れないのだと悟る。

俺は、無意識のうちに夏純の手首を掴んでいた。

「で、でも、用意とか……してないし」

「ここに、忘れてった着替えがあるだろ？」

「それは、そう……なんだけど」

夏純は恥ずかしがって俺の顔をまともに見ず、俯いている。

俺は夏純の右手を口元に持ってきて、手の甲にキスをした。

「あ、蒼生？」

動揺の声に耳も貸さず、上目で一度彼女を見てから、今度は手のひらへ唇を寄せる。

「んっ」

唇で触れた途端、夏純は小さく身を捩って声を漏らした。

それが、俺にとってはさらなる熱の元となることも知らずに。

手首や指先、腕の内側へと次々にキスを落としていくと、夏純の手は徐々に力が抜け落ちていった。

その小さな反応さえも、可愛くてうれしくて。男として――恋人として意識している彼女を前に、熱い気持ちが胸の中を駆け巡る。

「ちょ、あお、い……」

「夏純はこれまで通りで満足してる？」

「え？　あっ」

腕を辿り、首筋に口づけをする。そこで、さらに続けた。

「俺はしてない。いつももどかしかった。もっと一緒にいたいのに、俺たちの関係は幼なじみだからって……。理性でどうにか気持ちを抑えてただけだ」

「待っ……」

赤くなっている小さな耳に触れ、そっとささやく。

「俺のこと、好きだって言ったよな？　幼なじみとしてじゃなく、ちゃんとひとりの男として」

本当は、こうして改めて確認するのは怖い。

やっぱり違った、と言われたら立ち直れない。しかし、この先に進むには、夏純の気持ちは必須。独り善がりにはなれないから、避けては通れない道だ。

心臓がバクバク鳴っている。一秒一秒がものすごく長く感じる。片時も目を離さず、些細な表情も見逃さないよう夏純の顔を見つめる。

彼女は潤んだ瞳を一度こちらに向け、小さく首を縦に振った。

刹那、心からほっとして、強張っていた身体が柔軟に動くようになる。そのまま、夏純を抱きしめた。

「だったら、もうずっとここにいろよ」

「ずっとって」

「一緒に住んだところで、すれ違いの生活になるのはわかってる。それでも俺は、寝顔だけでも夏純に会えたら心が満たされる」

夏純が胸の中で、くぐもった声を漏らす。

「……信じられない」

しまった。性急になりすぎた。さすがの夏純も呆れているのだと感じ、後悔の念が押し寄せる。

ゆっくり腕を緩め、恐る恐る目を合わせる。すると、怒ったような困っているような、どっちつかずの表情をしていて戸惑った。

言葉を探していると、夏純が小さく口を尖らせてつぶやく。

「蒼生、どれだけ私をドキドキさせたら気が済むの？」

彼女からは、ネガティブな雰囲気は感じられない。

俺は口元を緩め、柔らかな頬をそっと撫でる。

「こっちはもう十何年も、ずっとドキドキさせられてたんだけどな」

「だから、そういう……！」

真っ赤な顔で抗議する夏純を、もう一度きつく抱きしめる。

夏純の体温を感じると安心する。同時に、これはようやく手に入った俺だけの温もりだと思うと、気持ちが昂った。

この幸せは現実のものだと噛みしめていたら、ぽつりと言われる。

「いいの……？　ここに来ても」

前向きな反応に驚いて、再び身体を離して向き合う。

「いい。そうじゃなきゃ、そもそも鍵も預けない」

俺は白い両手を包み込み、力強く答えた。

「夏純はこれまで、幼なじみとしての距離感を頑《かたく》なに守っていただろ？」

俺がふいうちで踏み込んだ言動を取っても、夏純はずっとフラットな態度を心がけていたのを知っている。こちらが好意を示してみても、常に変わらぬ幼なじみとしての反応しか返って来なかった。

「でもあの時……迷いながらも鍵を受け取ってくれた。だから俺は、きっと夏純の心が揺らいでいるんだと気づいた」

「私が距離感を気にしながら過ごしていたこと……知ってたの？」

彼女は驚きと戸惑いが入り混じった顔を、こちらに向ける。

「何年そばに居続けてると思ってんの？　なんでも知ってる」

そう告げて、夏純を抱き上げる。

ふいうちで身体が宙に浮いた夏純は短い悲鳴をあげ、俺の首に腕を回してきた。

昔はよく俺をおぶってくれていた夏純だったが、今では当然体格も逆転して、力も俺の方がある。

想像以上に細くて、軽い。これまでそばに居続けてはいたが、必要最低限しか触れられなかった。ようやく今、感情のまま夏純に触れられる。

「だけど、もっと知りたい」

夏純をまっすぐ見つめて言うと、なにも言わずに俺の胸に顔を埋める。

いじらしい姿にクスリと笑いがこぼれ、そのまま彼女を抱えて主寝室に向かった。

ベッドの上へ丁重に下ろしたあとも、夏純はそわそわと落ち着かない様子だった。

俺は静かに膝をベッドに乗せ、両手をついてにじり寄っていく。

夏純の手に触れた直後、小さな声で言われる。

「わ、私は蒼生ほど、蒼生のことを知らない。……ごめん」

ぽつりと謝られ、目を瞬かせる。彼女の顔を隠している髪を耳にかけ、両目を覗き込んだ。

「そんなこと、気にしてない」

本音でそう答えても、夏純はまだちょっと引っかかっている感じだった。

そうやって、自分よりも相手の気持ちを第一に考えるところは昔から変わらない。

だからもっと、自分のためにわがままになればいい。俺だけに。

「ああ、やっぱりさっき『なんでも知ってる』っていうのは嘘だった。まだ情報が足りていないな」

白々しく落胆する演技で言うと、夏純は目を丸くし、首を傾げた。その隙に、無防備な唇を奪う。

「んっ……う」

一度離し、今度は角度を変えて唇を何度も奪う。そのうち、夏純が自分の身体を支えきれなくなって、仰向けに寝転がった。

それでもキスはやめない。もう、止まらない。

気づけば口内を弄《まさぐ》るような激しいキスをして、時折漏れ出る甘い吐息に背筋を震わせた。

やや乱れた呼吸をしながら、改めて夏純を見下ろす。

赤みをさした頬に、艶やかな唇。潤んだ大きな瞳で俺をまっすぐ捕えている。

その表情だ。俺を意識しているって一目瞭然のその顔が、どれだけ見たかったか。

俺は自分の濡れた唇を嘗め、着ていた服を脱ぎ捨てる。そして、蕩けた表情の夏純を組み敷き、口を開いた。

「恋人にだけ見せる表情と……どういうキスが好きか、どこを触れられたら気持ちいいのか――もっとよく教えて。全部知りたい」

華奢な身体を暴きたい。

そして、それよりもずっと奥にある、君の裸の心に触れたい。

4. 天国と地獄

約半月が経った。

あの初デートの夜に蒼生と交わした再同居の約束は、着々と準備が進み、今日は寮から引っ越す日。

荷物は業者の人に預け、入居先への搬入指示は蒼生に任せている。私は寮の部屋を掃除し、お世話になった人たちに挨拶をして回っていた。

「本当びっくりしたよ。寮を出て行くって急に聞いて」

「すみません。私自身も驚くくらい、急に決まったもので……」

真柄さんの言葉に苦笑しながら、これまでの経緯を思い返す。

蒼生ってば、普段はぼーっとしてるタイプなのに、今回に関しては信じられないほど迅速に動いていた。

私たちの休みが重なった日には両方の実家に報告をしにいって、あっという間に同居の許しをもらったんだもの。

ちなみに、直接会えたのは私の父と蒼生のお母さん。そのふたりが同席のうえで報告をしたのだけれど、拍子抜けするほどあっさり聞き入れられた。

いや。私も、これだけ長く一緒にいる相手だから心配もないのだろうとはわかっていた。でも、なんていうか……私たちの関係が変わったことを受け入れてもらうには、あまりに簡単すぎて。父も蒼生のお母さんも、まるでこうなることを待っていたかのように手を取り合って喜んでいた。

「多分、あの時悩んでたこと、全部吹っ切れたのかな？」

「えっ」

考えごとをしていたところに、小さくささやかれた内容に戸惑った。

真柄さんはニッと口角を上げる。

「だって最近の夏純ちゃん、いい笑顔してるもん。心から笑ってるって感じの。清々しい顔してるよ。すっきりしたんだなあって」

確かに、あれだけ長年抱えていた靄《もや》が、今ではだいぶすっきりしている。それだけずっと、本心を抑えてきていたのだと改めて気づかされた。

「はい」

怖がってばかりいないで、もっと早く勇気を出せばよかった。

「そっか。に、しても、幼なじみの彼と即同棲かあ。いいなあ」

「恋人なら、そうでしょ？　小さい頃から知っている間柄だったら、本人たちはもちろん家族同士もすでにいい関係なんだろうし。すぐに入籍って話になるかもね」

「ど、同棲……」

「まさか！　そこまでは、ま……だ」

瞬間、ふと頭を過る。

『もうずっとここにいろよ』

あれは、きっと言葉通りの〝ずっと〟だと思う。それに、正式に恋人同士になってからの蒼生は、信じられないくらいストレートで甘くて……。私のことを心から想ってくれているって、伝わってくる。

そう考えたら、真柄さんの言うことはあながち外れてもいないのかも……。なんて、急に恥ずかしくなってきた！

「あ～！　ほら、心当たりある顔してる」

「そっ、そんなことないですよ」

さすが、職場でも患者さんの変化を見逃さない真柄さんだ。観察力に長けている部分を肌で感じる。

ふたりで笑い合って、お互いに声が途切れたあとに、真柄さんはまっすぐ私を見た。

「寮からいなくなるのは寂しいけど、とりあえずまだ仕事も続けるって聞いたし、職場で会えるものね。じゃ、また職場で」

「はい。お世話になりました。明日からも、よろしくお願いします」

私は深くお辞儀をして、寮をあとにする。

外に出ると、門の向こう側にひとりの男性が背を向けて立っていた。

背丈や雰囲気はどことなく蒼生に似たものがあるけれど、蒼生ではない。蒼生は今頃、まだマンションから出られないはずだから。

その人の存在が気になりつつも、視線を下げたまま門を通過する。蒼生のマンションの方向へ足を向けた時、呼び止められた。

「夏純ちゃん」

下の名前を呼ばれ、一瞬、最近同じように呼ぶ異性は岡本さんだったことを思い出して警戒する。

恐る恐る振り返ると、予想もしない人で驚きを隠せなかった。

「えっ。け……恵生くん？」

黒髪短髪と爽やかな笑顔。長身でスタイルのいいその男性は、蒼生のお兄さんだ。

「そう。久しぶり」

「ど、どうしてここに？」

彼は私たちの六歳年上で、小さい頃は時々面倒を見てもらっていた。だけど、私たちが小学校六年生の時に、進路の関係でお父さんのいる海外へ行ってしまった。

それ以来、年に一度会えればいい方で、今回も何年振りの再会だろうかと記憶をさかのぼらなきゃならないほど。

「たまたま、明日ある学会の会場が千葉だったから前乗り。で、そういや蒼生と夏純ちゃんが千葉住みだったなあと思って。ああ、俺は今、九州にある大学病院にお世話になってるんだ」

「学会……ああ、そういえば！　九州かあ。しばらく海外には行ってないの？」

「たまに行くよ。オファーが来るから」

「そっか。相変わらず、すごいね」

彼は私と同じ医療従事者。けど、かなり規模が違っていて、海外でも免許を持っているお医者さんだ。しかも、数年前に聞いた話だと、いわゆるフリーランス医師というものらしい。

恵生くんの業績やこれまで執刀した件数、成功実績など、医療業界では有名だと聞いた。だから、いろんな病院から声がかかる。

それもあって、彼がいつどこで生活をしているのか把握しきれないのだ。

「いや。まあ、あれかな。名前のおかげかも。俺は〝恵まれて生きていく〟運命ってね。名は体を表すって言うし」

「ふふ、確かに。本当だね」

相変わらず親しみやすい雰囲気で、思わず笑顔になる。

「元気そうだね、夏純ちゃん」

「恵生くんも。ところで、よくわかったね？　私がいる寮がここだって」

千葉の病院に勤めているっていうのも、直接話していない気がする。そもそも、普通なら私より先に蒼生のところへ行かない？　なんで私のところへ来たんだろう。あ、蒼生の住所がわからなくなったのかな。

すると、恵生くんが人差し指を立て、口を開く。

「それは、先に蒼生に会ってきたから」

「そうだったの？　どうりで」

やっぱり先に蒼生のところへ行ったんだ。それで、私の寮の場所を聞いて……それなら理解できる。

腑に落ちた私の顔を見て、恵生くんはにっこり笑う。その笑顔を前に、ハッとした。

先に蒼生のところへ行ってきたなら、引っ越し作業中だったはず。つまり、私たちのことを……。

「驚いたよ。今日から一緒に住むんだって？」

やっぱり、聞いたあとだよね。

恵生くんに隠したい、というわけではなかった。単純に、仕事で多忙の蒼生のお父さんと恵生くんへは、まだタイミングが合わなくて話せなかっただけ。

とはいえ、突然やってきて現状を知られたとなれば、多少気恥ずかしい感情は湧いてくる。恵生くんも私にとっては幼なじみだから、余計に。

「やっぱり驚くよね。幼なじみの私たちが今になって」

今さら、『恋人になりました』だなんて。

笑って照れくさい気持ちをごまかしていると、彼が軽く首を横に振った。

「いや、そっちじゃなくて。蒼生がまだあきらめていなかったってことと、想いを遂げたことにさ」

恵生くんの言葉に、目を見開く。

「え……知って……？」

私は過去に直接本人から告白されたことがあるから、蒼生の気持ちは知っている。

だけどそれを誰かが、しかも近しい人に気づかれているなんて思いもしなかった。

「もちろん。うちの家族内では周知のことだよ。あいつの行動の理由には、必ずと言っていいほど夏純ちゃんが絡んでいるからね」

「それって、どういう……」

蒼生の行動の理由に私が絡んでる……？

具体的なものはなにも思い浮かばなくて、首を傾げる。

恵生くんは考え込む私の肩に手を置き、顔を寄せて声を潜める。

「うーん。そうだな。たとえば、あいつが今のマンションを借りているのは夏純ちゃんの寮と近いから……とかね」

「えっ」

初めて知らされた事実に驚愕する。

私の寮と近いから？　そんなこと、蒼生はひとつも……！

確かにこの場所は、成田空港は近くても羽田空港までが遠い。それは、蒼生がこのマンションに決めようとした時に指摘した。でも蒼生は、ちょうど国際線も多く担当することになったから、と言ってここに決めていた。もちろん、私の寮とも近いしという話も軽くしていた気がするけど、決してそれが一番の理由ではないように振る舞っていたのに。

衝撃の事実に愕然としていると、肩を掴まれる。

「なにしてるんだよ」

心臓が飛び上がった瞬間、後ろから声がした。

「あらら。もう引っ越し業者帰っていったんだ」

聞き慣れた声と恵生くんの反応を見て、私の身体を引き寄せたのは蒼生だとわかり、ほっとする。

「だから俺が行くって言ったのに、無視して先に行きやがって」

恵生くんに対し、ぶつぶつとこぼす蒼生を振り返る。

「もう荷物の搬入終わったんだ。ありがとう、蒼生」

「いや、俺はただ見てちょっと指示しただけだから。それより兄貴だよ。連絡くらい入れろよ。いきなり来て、俺がいなかったらどうするつもりだったんだ?」

蒼生の言い分はもっともだ。なにせ、蒼生は家を空けることの多い仕事なのだから。

「その時は、その時かなあって。ほら、〝近くに〟夏純ちゃんもいることだし」

恵生くんが『近くに』を強調して言うものだから、さっきの話を思い出す。

「はあ。まあ兄貴は昔から神出鬼没だもんな……」

基本的に冷静で落ち着いたタイプの蒼生でも、恵生くんの前ではまた別の顔を見せるからちょっと楽しい。

兄弟のふたりを交互に見ていたら、恵生くんが一度手を叩いた。

「さて。引っ越しが落ち着いたなら、なにか一緒に食べないか？　俺、腹が減ってるんだ」

腕時計を見ると、時刻は正午を回ったところ。

「そうだね。ちょうどお昼だし……どうしようか？」

「俺、久々にふたりとゆっくり話したいし、蒼生のマンションでデリバリーは？　もちろんごちそうするよ」

「なんで俺の家なのに兄貴が仕切るんだよ」

ぼやく蒼生を、私が「まあまあ」と笑って宥めた。

「確かに外食よりおうちの方がゆっくり話せるかも。私の荷物でちょっと散らかってるかもしれないけど。ね、蒼生。どうかな」

蒼生は小さな声で「別にいいけど」と答える。

私たちは、懐かしく三人並んでマンションへ歩いていった。

お昼はピザを取って食べた。蒼生とふたりだと、あまりそういうものをデリバリーで注文しなかったから、久々で美味しかった。

食後のコーヒーを、蒼生と一緒に用意する。

蒼生がコーヒーをカップに注ぎ、それを横で待っていたところに、恵生くんがキッチン前のカウンターテーブルまでやってきた。

「うーん、改めてふたりがそうやって並んでると、実感させられるなあ」

にんまり顔で言われ、咄嗟に視線を泳がせた。

こんな場面でも冷静なのが、蒼生だ。

「冷やかすために来たなら帰ってもらうけど」

淡々と言って、コーヒー一杯をカウンターの方へ差し出す。

「冷やかすだなんて。兄として素直に祝福してるんだ」

恵生くんは穏やかな声でそう返し、コーヒーを受け取った。それから、私たちが再びダイニングテーブルについたあと、カバンからいろいろと出し始める。

「そうそう。これ、ふたりにお土産」

テーブルの上には、たくさんのお土産。箱のものや袋のものなど、十個近くはある。

蒼生はその中のひとつを手に取った。そして、ほかのお土産もひと通り観察し、ぽろりとこぼす。

「いや、明太子味に偏りすぎだろ」

改めて見てみれば、有名なスナック菓子の限定商品だったり、九州名物だったり。それらの半分以上に、〝明太子〟の文字があった。

「あれ？　本当だ。はは。でも、明太子味に間違いはないからさ」

ケラケラと笑う恵生くんを見て、マイペースで大らかな性格は変わらないなあと改めて感じる。

「ところで恵生くん。本当に思いつきで蒼生のところに会いに来たの？」

そんな質問を投げかけたわけは、恵生くんはいつでも多忙で蒼生のお母さんですらもなかなか会えない、と話していたのを知っているから。

今、国内で暮らしているなら、わざわざ前乗りしなくても学会へは来れただろうし。なんとなく直感だけれど、あえて時間を作って蒼生に会いに来たんじゃないかな……なんて思った。

すると、恵生くんはコーヒーをひと口飲み、ニコッと笑う。

「いや。本当、偶然千葉に来る用事があったからさ。せっかくだから、ふたりの顔見れたらいいなあと思っただけ」

「だから、どうしてそう思ったんだよ？　急に」

どうやら、蒼生も私と同じように感じていたらしい。

恵生くんは唇に緩やかな弧を描く。コーヒーカップをそっと置き、話し始めた。

「俺、海外に行こうと思って」

改まって言われた言葉に、疑問符が浮かぶばかり。

だって、今は九州にいると答えていたけれど、彼はいつでも海外と日本を行ったり来たりしていると聞いている。

不思議に思って蒼生と顔を見合わせた。

蒼生が代表して尋ねる。

「別にいつものことだろ？　しょっちゅう行き来してるって母さんに聞いてるけど」

「まあね。そう言ったら、あんまり変わらないか」

穏やかな表情で軽く瞼を伏せ、再びコーヒーを口に含む恵生くんを見て、ふと思う。

「もしかして……民間の医療・人道援助活動のスタッフになるんじゃ」

わざわざ報告するかのように、私たちのところまでやってきたのだ。これまでと同じ理由の『海外に行く』ではないはず。

そう考えたら、自然と行きついたのが今言った理由。

民間の医療・人道援助活動のスタッフ——噛み砕いて説明すれば、世界各地の災害地域や紛争地域まで出向き、ボランティアで人命救助をする団体だ。

尊敬の念よりも先に、どうしても不安が押し寄せる。

人命を救わなければならないほど困っている地域ということは、同時に派遣される方にもリスクが生じる。決して安全な場所とは言えない。

私が動揺する間に、蒼生はいつも通り冷静な口調で言った。

「それって、人道危機の最前線に立つ団体の？」

蒼生の言葉を受け、恵生くんは軽く瞼を伏せる。その仕草は、『イエス』と答えたようなものだった。

「……どうして？」

私は恵生くんと同じ医療従事者だ。そういった仕事に興味を持ち、参加する人たちの話は初めて聞くわけでもない。だけど、感情を制御できない。つい、看護師の自分ではなく、幼なじみとしての気持ちが前に出てきてしまう。

だって……やっぱり危険な場合もあると思うと、簡単に『行ってらっしゃい』って言えないよ。

「歳を重ねていくうちに、思いも強くなっていってね。数年前の自分では力不足だったけど、今ならできることも増えたと感じるんだ。夏純ちゃんも、きっと同じ思いでこの道を志したんだろう？　ひとりでも多くの人を助けたいって」

言われた瞬間、心臓はドクンと大きな音を立てた。

その通りだ。そう言われたらなにも言い返せない。

「まあ、そういう予定だからさ。ああ、でもすぐにって話じゃないから。準備とかいろいろあるし。まだ数か月は日本にいると思う」

「そう」

黙り込む私と違って、蒼生はあっさりと受け入れていた。

恵生くんは残っていたコーヒーを飲み干し、柔和な面持ちで蒼生に言葉をかける。

「勝手なお願いだけど、蒼生には今の仕事続けていてほしい。空を見上げた先に飛行機を見つけるたび、なんか元気がもらえる気がするんだよな」

「勝手だな、本当に。でも俺は今のところ辞める予定はないから大丈夫だよ」

「ならよかった」

彼はそう言ってうれしそうに目尻を下げ、おもむろに席を立った。

「そろそろ行くよ。コーヒーごちそうさま。夏純ちゃん。蒼生のこと、よろしくね」

「うん」

風のように現れて、同様に去っていく恵生くんを見送り、玄関に立ち呆けた。

「なんかこう……当たり前なんだけど、どれだけ私が大人になっても、恵生くんは常に先を歩いているんだよね。いつも刺激をくれる存在で憧れる」

と、同時にひとことでは言い表せない不安や焦りみたいなものが、心の底でざわざわする。この原因がなにか、はっきりとはわからない。

唇を引き結び、不安を打ち消そうとしていると、後ろでぽつりと漏らされる。

「夏純は昔からそうやって、兄貴を特別視してるよな」

「そうかな？　私には兄弟がいないから、お兄ちゃんがいたらこんな感じなのかなって無意識に思っちゃうのかも」

すると、蒼生は軽く息を吐いた。

「確かに、夏純の言うことは一理ある。兄貴は常に前にいる存在で、敵わないと俺も思うから……夏純が兄貴と一緒にいると、いつも焦ってばかりだ」

「え？　なんで？」

深く考えずに尋ねた直後、髪をすくい取られキスされる。

「俺がどれだけカッコつけたって、兄貴の前じゃ霞むって話」

間近にある蒼生の綺麗な顔にどぎまぎする。

「わ、私は恵生くんと一緒にいる蒼生を見るの、好きだよ」

「なにそれ」

「なんかこう、可愛く……て」

言い終える前に顎を捕えられ、口を塞がれる。

やさしいキスは、ドキドキもするけれど、すごく安心する。ゆっくり目を開き、一度視線を交わしたら、そっと抱き寄せられた。

「あ。あれだね。蒼生と恵生くんって、名前のままなんだ」

「どういう意味？」

「恵生くんは、『人に無償の愛を恵んで生きる』し、蒼生の〝蒼〟は蒼天の文字にも使われていて、空の仕事をしている蒼生にぴったり」

「なるほどね」

感心する蒼生の心音を感じ、再び瞼を下ろす。

「……蒼生も」

〝恵生くんと同じで、常に危険と隣合わせの仕事をしているんだよね〟

考えないようにしていたのに、頭に浮かぶだけでなく思わず声に出してしまいそうだった。

「なに?」

「んー?　なんでもない」

ネガティブな感情を抑え込んで、笑顔で振る舞う。

危険なことを挙げたらきりがない。職種にかかわらず、誰しもいつどこでなにが起こるかわからないのだから。それでも、時々無性に怖くなる。

もちろん、フライト中『なにかが起きる』可能性の方が低い。が、ゼロではない。

そこを掘り下げて考え続けたら、どうしようもなく不安になって、震えが止まらなくなりそう。

――あの時みたいに。

「夏純」

無意識に俯いていたらしい。蒼生の呼びかけで我に返り、顔を上げた。目の前には真剣な顔つきの蒼生がいる。

「俺を騙せると思ってる?　無駄だよ。どれだけ一緒にいて、どれほど想ってきたか……もう知ってるだろ?」

もう恵生くんはいなくて、ふたりきり。なのに、声を潜めてささやかれる。

どこか挑発的な問いかけに、自分でも驚くほど心臓が大きく脈打ち始めた。熱の籠った双眼から、目が離せない。

「余計な不安は感じなくていい。もし、どうしても考えてしまうのなら――」

瞬間、私をひょいと肩に担ぎ、続けて言った。

「ほかのことを考えられなくしてやる」

甘い声音に、胸がきゅんと締めつけられる。

慣れない体勢にあたふたする私に構わず、蒼生は廊下を進んでいく。

大人になった蒼生には驚かされっぱなしだ。少女漫画さながらに、臆面もなく歯の浮くようなセリフを言ってのけるとか、軽々と私を持ち上げるとか。

長年そばにいたはずなのに、初めて知る面が次から次へと出てきて戸惑う。

リビングを通過し、さらにドキドキが増していく。行き先は主寝室。

ベッドに丁寧に下ろされてすぐ、ちゅっと軽いキスをされた。

「好きだよ、夏純。ずっと」

大切な人に大事にされて、想われて……うれしい。だけど、やっぱりどうしても、幸せな気持ちとセットで小さな不安がついてくる。

とっくに蒼生は特別で、代わりの利かない唯一の存在になっている。だからこそ、ブレーキをかけたがっている自分もいるのは確かだ。

〝もしも〟の不安が、頭に浮かんで消えてくれない。

対極するふたつの感情に翻弄されていると、蒼生に両手を取られた。そして、蒼生の顔にぴたりと添わせられる。

「もう俺たちの帰る場所はここだから。安心して？」

柔らかな瞳と声に、うっかり涙腺が緩みそう。

自分にとって大きな存在は、失った場合の喪失感も相当なもの。

どうしてもその考えが付きまとう私の心中を、蒼生は本当にわかってくれているんだ。

こちらの顔を覗き込み、緩やかに口の端を上げた蒼生は、軽く睫毛を伏せて手のひらにキスをする。

綺麗に生え揃った睫毛がゆっくりと上を向き、澄んだ瞳が露わになった。

「不安になんかなる隙がないくらい、身体にも記憶にも心にも刻み込むよ」

蒼生は掴んでいた私の手を、今度は自分の首の裏へ移動させる。

そっと身体を倒されていく間、首に回していた手に力を込める。ベッドの上に完全に横たわるや否や、蒼生の影が落ちてきて頬ずりされた。

「夏純の居場所がこの腕の中だっていうように、俺の居場所も夏純のところだから」

「一緒にいる時間は少ないけど、会えない時間の分だけたくさん伝える」

「うん」

「う……ん……っ」

蒼生は言葉だけではなくて、唇や舌、指先など全身で証明する。

耳朶を撫で、口内を蹂躙し、さっきまで不安で震えていた胸を大きな手のひらで包み込む。味わうように舌を絡ませたあと、濡れた唇を薄っすら開いた。

「今から、夏純は俺のことを好きってことだけ考えていて」

首筋に鼻先を埋められ、熱を帯びた手が服の中に潜り込んでくる。直接肌の上を滑る蒼生の指先に、心臓も声も震えた。

「ふ……はぁ」

だらしなく半開きになってしまった私の口に、再び蒼生の妖艶な舌が侵入する。

触れられているところが、どこもかしこも気持ちよくて、恥ずかしい。

蒼生の服をぎゅっと握ると、上から手を握られた。

「俺も夏純を気持ちよくすることしか考えない。……もっとよくなって」

「待っ、あぁ……ッン」

そのあとは、記憶が飛ぶかもしれないと思うほど時間をかけて愛された。

蒼生の宣言通り、ほかのことはなにも考えられなかった。

蒼生と休みが重なるのは、約一週間後のことだった。

今日は、午前中は家でゆっくりして、昼過ぎから生活用品の買い足しに、大きめの商業施設にやってきた。

引っ越してから今日まで、夕食の時間を一緒に過ごせたのはたったの二日。改めて数字で表すとやっぱり少ない。もちろん、蒼生と。だけど、それはこれまでも同じだったし、むしろ同居生活になった分、朝にちょっと顔を合わせたりできている。

そのあたりは、そこまで大きな変化ではない。ほかに変わったことといえば……。

インテリアショップ内を歩いていたら、寝具コーナーが目に入った。

一緒に暮らし始めた日から、私は蒼生とひとつのベッドで眠っている。

元々大きなベッドだったから、私たちふたりで寝るのに不自由はない。広さは十分なのに、蒼生がいてもいなくても、意識してしまってなかなか寝つけなかった。

展示されているダブルベッドをこっそり一瞥する。

だって、蒼生ってば、めちゃくちゃ甘やかすんだもん。あんなの、ひとりで寝る時にも、ふとした瞬間思い出しちゃって……。

「夏純？　どうした？」

「え！　ううん、なにも。あっ、デスクコーナーあっちの方にある」

慌ててごまかして、デスクコーナーへ足を向ける。

これまで寮生活だった私は、寮の部屋にデスクや椅子が備えつけられていたため、今日はデスクとデスクチェアを見にやってきたのだ。

蒼生は私にひと部屋くれたから、そこを仕事部屋にしようと思っている。

「このくらいの値段がいいなあ」

「どうせ長く使うなら、いいやつ選ぶのもありだと思うけど」

「んー、確かに。だけど、あまり大きいのも移動しづらそうだしなあ」

そうして、時間をかけてデスクとデスクチェアを決めたあとも、チェストなど細々したものを見て回った。

最低限必要なものを購入し終えると、午後三時半になるところ。

「ひとまず急ぎで必要なものは選んだし、あとはゆっくりでいいかな」

「じゃ、どこかカフェにでも入って休むか」

「いいね！　そうしよう」

真剣に悩みながらあちこちのテナントを行き来して、結構疲れちゃった。

「あ、ちょうどそこにフロアガイドがあるよ」

テナントを出て少し進んだ場所に案内板があるのを見つけ、先を急いだ。フロアガイドを指でさしながら確認する。

「うーん。二階と三階にもカフェがひとつずつあるけど、やっぱり一階がいいかな？何軒かあるし」

迷っていると、蒼生が一軒のカフェの店名に指を置いた。

「ここのケーキ食べたいって言ってなかった？」

「あ、そうそう！　よく覚えてるね」

数週間前に、SNSで流れてきて美味しそうだなって思って話していた店だ。

「じゃ、ここ行こう。一階だな」

蒼生がさくさくと決めて、私たちは再び歩き出す。

途中、アパレルショップが立ち並んでいて、なにげなく視線を向けていた。すると、店頭にディスプレイされているフォーマルドレスが目に留まり、綺麗で思わず足を止めた。

フロントの中央縦ラインと、五分袖が上品なレースで仕立てられている。黒ベースのワンピースでレースの裏地はベージュ。ミモレ丈でウエスト切り替えデザインというのがとても好みだ。

とはいえ、こんな素敵なワンピースを着る機会自体がないんだよね。

「夏純?」

「あっ、ごめんごめん。エスカレーターはあっちだね」

蒼生に呼びかけられて我に返る。それから、今度は私が先頭に立って歩き出した。

その直後、つま先になにかが飛んできてぶつかる。

チューブの形をしたもの……あれ? これ、見覚えがある。蒼生からこの間お土産でもらったハンドクリームだ。でも、仕事用のバッグに入れっぱなしのはず。

自分のものではないとわかっていながらも、目の前に落ちたため手を伸ばした。ハンドクリームを掴むとほぼ同時に、横から手が出てくる。

「すみません」

落とし主らしき女性は髪をかき上げ、申し訳なさそうに頭を下げた。

「いえ。どうぞ」

ハンドクリームを渡した時に、相手の女性に目を奪われる。

美人な顔立ちで、スタイルもとてもいい。身長は百六十センチの私より、十センチくらい高い気がする。線も細く、色も白くて、肌も綺麗。おそらく同年代とは思いつつも、彼女があまりに素敵すぎて、憧れさえ抱いた。

「ありが……えっ。佐伯さん？」

女性は私を見るのも一瞬で、あとは私のすぐ後ろにいる蒼生に目がいっていた。なにやら、蒼生の知り合いみたいだ。

「奇遇ですね。お買い物ですか？」

女性は私をちらりと見て、再び蒼生に問いかけた。

蒼生と同じ航空会社の人かな？　すごく綺麗な人だし、ＣＡさんとか。

「まあ……そんなところ」

蒼生からは、今にもため息がこぼれてきそうな空気をなんとなく感じる。かろうじて、相手の女性には気づかれないかなといったところだ。

そうだった。大人になってすっかり忘れていたけど、蒼生って学生時代から女の子とのコミュニケーションを必要最低限でしか取らずにいるタイプだった。そんな蒼生は、職場ではどんな感じで過ごしているんだろう。

女性の反応を窺うと、彼女はにこやかにしている。どうやら、職場での人間関係は悪くないみたい。

「商業施設《ここ》にいるんだから、当たり前ですよね。すみません。あ、ご挨拶が遅れました。私は佐伯さんと同じ航空会社のCA、南野《みなみの》と申します」

南野さんはまるでお手本のように柔らかい笑みを浮かべ、こちらに手を差し出した。

私はおずおずと握手に応じる。

「佐伯さんとは何度か同じフライトになって、ステイ先では食事もご一緒させていただきました」

ステイ先で食事を？　そういうこともあるんだ。普段の蒼生からは、あまり想像ができない。

「そうだったんですね。ええと……私は名取と言います。看護師をしています」

「看護師さんなんですか。差し支えなければどちらの病院でいらっしゃるんですか？」

千葉では大きな方の病院だからわりと有名だけど、都内の人なら病院名を伝えても知らないかもしれない。そう思ったものの、聞かれたから正直に答える。

「千葉悠生《ゆうせい》総合病院の脳神経外科に配属されています」

その時、南野さんが手にしていたスマートフォンが鳴り出した。彼女が反射的にスマートフォンに目を落とした時、蒼生が言う。

「夏純。邪魔になるからもう行こう」

「あ、うん。そうだね。では、私たちはこれで」

蒼生に促されるように別れの挨拶を口にする。蒼生も軽く頭を下げていた。

「あ……。佐伯さん、また！」

彼女はすでにエスカレーター乗り口へ足を乗せている蒼生に向かって、やや声を張り上げた。

私は改めて会釈をし、蒼生を追いかける。エスカレーターに乗り、一段下に乗る蒼生にささやいた。

「なんか、もっと蒼生と話したそうじゃなかった？　大丈夫かな」

さっきまでいたフロアをちらりと見上げると、南野さんがこちらを見下ろしているように見えて、すぐさま頭を戻した。

「さあね。どっちにしろ、愛想よくするのはいろいろ面倒くさいし、いい」

蒼生は南野さんと離れた途端、突き放すようなことを言う。

でもまあ、本人を前にこの態度を出してはいなかったから……まだいいかな。

それに、蒼生の言い分もわからなくもない。高校時代は、蒼生にそんなつもりはなかったのに、やさしくされたと勘違いした子たちが、熱を上げて付きまとい行為に近いところまでいったこともあったから。

「だけど、さっきの……南野さんって、美人さんだね。職業柄か、姿勢も表情も目を見張るものがあったし」

蒼生は前を向いたまま、ぼそっとつぶやく。

「俺は夏純以外、興味ないから」

前後にほかのお客さんがいないとはいえ、ふいうちでそういう言葉を口に出すのはやめてほしい。恥ずかしくて、絶対顔が赤くなってるもの。周囲の人に変なふうに見られちゃう。

返答できずに固まっていると、蒼生はこちらを振り返り、私の手を握る。

「カフェ、空いてるといいな」

「そうだね」

一階まで下り、カフェを目指す。幸い、席へはすぐ案内された。

私はオーダーしたコーヒーとケーキが運ばれてきても、正面に座る蒼生の顔がまともに見られないくらいドキドキし続けていた。

蒼生のマンションへ引っ越してから、約半月が経った。

七月も中旬を迎え、夏バテしそうな日々が続いている。

日常生活は、月の半分はまともに顔も合わせないうえ、そもそも蒼生に対し今さらなにか取り繕う部分などもなく穏やかだ。

ただ……。反動なのか、たまに休みが一緒になった日には、蒼生が恋人モード全開で迫ってくる。私も、その時ばかりは穏やかではいられないのだ。

仕事中にもかかわらず、危うく詳細に蒼生とのあれこれを思い出しかけて、慌てて首を横に振る。その時、ナースステーションの内線が鳴り、気持ちを引き締めて受話器を取った。用件を聞き、通話を切って席を立つ。

病室を覗いて回り、真柄さんの姿を見つけて入室した。

「失礼します。真柄さん、オペ出し呼ばれましたよ」

「え！　もう？　予定より三十分も早い」

点滴をしていた真柄さんは手を止め、慌てた様子で腕時計を確認する。

オペ出しは、これから手術を受ける患者さんを連れ、手術室の看護師へ申し送りをする作業を言う。

「ここは私が代わります。真柄さんはどうぞオペ出しへ行ってください」

「いいの？」

「もちろんです。オペ前の患者さん、真柄さんの顔見たら少し安心すると思うので。早く行ってあげてください」

「ありがとう」

真柄さんと交代して、それぞれの患者さんへ薬や点滴の処置をして回る。その後も大きなトラブルもなく仕事をこなし、休憩時間になった。

今日はお弁当を作れなかったため、売店に行こうとナースステーションを出る。階段を下ろうとした際、階下から人の気配がした。

「えっ」

咄嗟に声を出してしまった。踊り場から折り返してこちら側に上ろうと姿を現した女性は、この間会った人だったから。

彼女は蒼生と同じ職場だって言っていた……そう、南野さんだ。

こんな偶然があるなんて、と驚いて足を止めると、彼女も私に気づいて目を丸くした。だけど、すぐに落ち着きを取り戻したようで、ニコリと笑いかけてくる。

「こんにちは。偶然ですね」

南野さんは、今日も綺麗だ。服装はもちろん、内面から自信が満ち溢れていて眩しく見えるというか。

「こ、こんにちは」

私は彼女と比べ、まだ動揺が残っている挨拶になってしまった。

彼女に職場を伝えはした。ただ、なぜここにいるのか、理由がわからない。外来だったら、わざわざこのフロアまで来ないはず。

戸惑っていると、南野さんがクスリと笑う。

「すみません。『偶然』は嘘でした。祖母が千葉在住で。今はこちらの消化器科の病棟でお世話になっているんですよ。そのお見舞いに来て……迷ったんですけど、どうしても名取さんを見てみたくなって」

「あ……おばあさまが……」

それはまだ納得できる。この病院は千葉県内では一、二を争う大きな病院だし、千葉で暮らしている人というなら不思議なことでもない。わからないのは、そのあと言われたこと。

『見てみたい』……？　それってどう受け止めたらいいの？

南野さんは、相変わらず完璧な微笑み。それを、ちょっと怖いとさえ思ってしまう。

「名取さん、もしかしてこれから休憩ですか？」

私がお財布だけを持っているのを見て、尋ねてきた。この状況だと、素直に「はい」と答えるほかなかった。

「じゃあ、もしよければ少しお時間いただけませんか？」

「え？」

「ご相談したいことがあるんです」

綺麗に口角を上げる彼女の表情は、まったく本音が読めない。

「ここ、一階にカフェがありましたよね。そちらはいかがです？」

「……はい。構いませんが」

彼女の誘いを受けるか迷ったが、私に声をかけた意図を知りたい気持ちがわずかに勝り、受け入れた。

カフェに着いて、レジカウンターでオーダーをする。その際、南野さんのバッグに語学系の本が二冊入っているのが見えた。

直後、彼女がこちらを振り返ったので、慌てて目線を外した。

「私、先に席を取っておきますね」

「ありがとうございます」

商品受け取り口へ移動する彼女を横目で見る。

未だにこの状況に気持ちがついていっていない。

とりあえず、カプチーノとサンドイッチをオーダーし、トレーを持って先に席へ向かっている南野さんの元へ急ぐ。彼女は一番奥の席に座っていて、軽く手を上げた。

向かいの席に座るも、どうにも落ち着かず、視線のやり場にさえ困る。ほんのちょっとの沈黙が長く感じ、気まずさのあまり苦し紛れに話題を振った。

「あの、さっきレジでちらっと見えてしまったのですが。語学の勉強されてるんですね。やっぱり、お仕事柄多くの言語を学ばなきゃならないんですね」

本当は、勝手にバッグの中身を見てしまった内容だから触れるべき話題ではないとわかっている。わかっていても、今この時を乗り切れなくて、話してしまった。

南野さんは、横の椅子に置いてあるバッグを一瞥し、答える。

「ああ。これは第二外国語の勉強を少し。入社する前にも猛勉強したんですけど、採用されたあとも変わらず勉強しなければ追いつかなくて。お恥ずかしい限りです。看護師さんもきっと同じような感じではないですか？　日々勉強のイメージあります」

「そうですね。医療は日進月歩ですから、立ち止まっていたらあっという間に置いていかれます」

「ですよね」

会話が途切れ、内心焦るももうこちらにはカードがない。仕方なく、目の前のカプチーノとサンドイッチに手を伸ばし、口に運ぶことでごまかした。

「あ、美味しい」

心の中で留めておけた感想も、なにか場繋ぎにでもなればと口にする。

南野さんは優雅にコーヒーをひと口飲んで、静かにドリンクカップをテーブルに置いた。

「名取さんは、職業柄、緊急事態に直面されることが多いですよね？　特に病院ともなれば、人の生死に関わる場面など」

「え？　ええ……」

「怖くありませんか？　設備の整った場所以外でも、助けを求められることもあるでしょう？」

まだ彼女の質問の意図を百パーセントは汲み取れない。

しかし、それを知っていても知らなくても、この答えは変わらない。

「怖いですよ。すごく」

こうして話していて、多くを想像し、思い出したら今でも手が震えそう。

目の前でかけがえのない大切な命を失う瞬間を想像して、何度も身動きが取れなくなりそうにもなってきた。

南野さんはコーヒーを口に運びながら言う。

「それでも続けられるのは、やっぱり強い証拠ですね」

強い……？　ううん、違う。逆だ。私はきっと、どちらかというと弱い方。ずっと自分が傷つきたくなくて、殻に閉じ籠っていた。

母が帰らぬ人になった時、私はまだ中学生で、子どもで……今みたいな資格は持っていなかった。でも、そばにいたらなにかできたかもしれない。違う未来になったかもしれない。

あまりに突然の別れだったのもあり、飛行機の中でジッと座っているしかできなかったあの日の悔しさは未だに色濃く残っている。

せめて、無力ながらもその時の全力を尽くして足掻けていたら、こんなふうに過去を嘆いて、看護師を目指していなかったかもしれない。

母がいなくなってしまった直後は現実を受け止めきれず、その後も蒼生の気持ちから逃げたりもしてきた。そのくらい、私は弱い。激弱だ。

けれど唯一、看護師になってからは……その責務からは、決して逃げずに前を向くと誓っている。

そして自分そのものの可能性からも逃げていた私は、蒼生のおかげで少しずつ、確かに強くはなってきたと思っている。

「最後は強い弱いじゃなく、自分を信じられるかどうかかもしれません。それは、日頃の努力次第で確実なものに近づいていけると思っています」

心の中に、蒼生がいる。

ちょっと前までは、懸命に自分の中から追い出していた。心に棲みついてしまったら、自分が弱くなると信じて疑わなかった。

でも、真実は——。

「怖いけど自分の知識と経験……動き出す勇気、を持って足を踏み出すんです」

ひとりで熱く語り終えたその時、テーブルにコン、と音を立ててドリンクカップが置かれた。

ドリンクカップから南野さんへ焦点を合わせると、彼女は形容しがたい表情を向けている。

「佐伯さんを私にくれません?」

数秒しんと静まり返る。反して、私の脳内はぐちゃぐちゃとして騒がしい。

「……は?」

ワンテンポ遅れてひと声漏らす。気づけば、テーブルの上に置いていた手を強く握りしめていた。

今、南野さんはなんて言ったの? 蒼生を……くれって? そんな、笑えないジョークみたいなことを……。

「いや、なにを」

耳を疑った。彼女の口からそんな突拍子もない提案が飛び出してくるなんて。

私が前のめりになったと同時に、床になにかが落ちる音がした。私のズボンのポケットに入れていた、ハンドクリームだ。

南野さん側に転がったため、彼女が手を伸ばして拾ってくれる。しかし、すぐに返してはくれず、ハンドクリームをジッと見てつぶやいた。

「これ。私のと一緒ですね」

そういえば、この前は私が南野さんのハンドクリームを拾ってあげたんだった。

彼女はおもむろにバッグを手繰り寄せ、中からまったく同じハンドクリームを出してテーブルに並べて置いた。

「これ、国内では販売してないんですよ」

南野さんは、ハンドクリームを指で遊ばせながら続ける。

「名取さんのこれ、私が一緒に買いに行ったんです。現地で佐伯さんに誘われて。ふたりで」

試すような視線を注がれ、一驚する。

このお土産を、南野さんと一緒に？　蒼生が……？

「名取さん。看護師の仕事をしながら、パイロットの彼と付き合うのって難しくありません？　どちらも不規則なシフトでしょうし」

「不規則ではありますが……別に難しくは」

動揺を押し隠して答えたら、南野さんにニコッと微笑みかけられる。

「彼もそうとは限らないですよ？　だから、佐伯さんを譲ってください」

笑顔なのに圧を感じる。

衝撃的なお願いに唖然とする間にも、彼女は飄々と話し続ける。

「初めは貴重な独身パイロットと思って興味を持ったんですけど、彼の場合クールというか硬派なんですね。そういう男の人と、あまり巡り合ったことがないんです。それに、仕事でもすごく頼りになるし。彼だったら、いろんな面で安泰かなあって」

南野さんは、蒼生のことが好きということ？

彼女と知り合って間もない私には、どれほどの気持ちで言っているのか量れない。

さすがにどう答えたらいいものかと考えあぐねていると、彼女が笑いをこぼした。

「CAって華やかな仕事に見えて、ものすごくハードだし。結婚して家庭に入っちゃうのもいいなって最近思ってて」

その言い分に違和感を抱く。

だって、ついさっきだもの。彼女が休日まで語学の本を持ち歩いているって、わかったのは。本当に辞めたい人が持ち歩くわけがない。

「こうしてゆっくりお話しして確信しました。名取さんってとても強い女性だし、頼りになる男性じゃなくて、頼られるお相手の方が案外お似合いかもしれませんよ」

彼女の真意が汲み取れず、依然混乱中。

だけど、関係ない。本気にせよ冗談にせよ、答えは決まっている。

私は真っ向から真剣に返した。

「まず前提として、蒼生は私の所有物じゃありません」

南野さんから、初めて笑顔が消える。

「それと、さっきの話は事実と異なりませんか？　蒼生は女性を誘って、ふたりで買い物へ行くようなタイプではないですよ」

これは強がりではない。

長年近くにいただけに、蒼生の言動は大体予測できる。よっぽどのことがない限り、自分から女性へ関わっていく性格ではない。

すると、南野さんも肝が据わっているタイプらしく、口元に右手を添え声を落とす。

「名取さん。ここだけの話ですけれど、パイロットって結構、現地では羽を伸ばしちゃう人が多いんです」

私と蒼生に仲違《なかたが》いをさせたいのだろうけれど、もう私の心は揺らがない。

「蒼生はその中には含まれません。それに、さっき南野さんも言ったじゃないですか。硬派だって」

さらりと矛盾を指摘した途端、彼女は小さく下唇を噛んだ。そして、気だるげに椅子の背もたれに身体を預けた。

「あーあ。さすが仕事柄、冷静沈着ですね。でも恋愛絡みとなれば、少しくらい不安にはなると読んでたのにな」

仕事柄というよりは、私がこんなにぶれずに強く信じていられるのは蒼生のおかげだ。これまでずっと、蒼生が私に対して誠実でいてくれたから。

あんなにも、真摯にやさしく私を見守り続けてくれた。私はこの先、世界中のみんながなにを言ったって、きっと蒼生を信じ抜ける。

「名取さんのおっしゃる通りですよ。佐伯さんは私の知る限り、基本的にチームの誰にも公平でいて、特別を作らない」

南野さんはさっきまでのような毒はなく、自然体に話をする。

「ああいう人の特別ってどんな感じかなって。人気もあるし、射止めたら一目置かれる、なんて思ってしまったんです」

今回の理由に繋がる部分だと思って聞いた。けれども、具体的内容ではないから、理解は難しい。

蒼生に対して、恋心というよりも興味を持っていた感じだろうか。ただ、一目置かれたいと思う心理があるなら、もしかすると蒼生じゃなくてもよかったのかもしれない。周囲から注目を浴びている人なら誰でも……？

彼女の背景を考えていたけれど、わかるはずもない。

他人を探るような真似は無意味だと思い、目の前の彼女とただ向き合おうと決めた。

「それにしても、すごい自信ですね。全然動揺しないし。私なんか敵わないな」

「すごいのは蒼生の方です。いつもニュートラルで視野が広くて、懐も深い。本当、それこそ私なんて敵わないくらい。昔から……今も尊敬しています」

蒼生を想うと、いくらでも長所を並べられそう。

すると、南野さんも食い気味に同調してくる。

「仕事中もそうですよ。どちらかというと寡黙で、取っつきづらいって言う人も一部いますが、いつでも平等で冷静で。だから、ほとんどの女子社員にずっと人気で」

そうなんだ。こうして、蒼生の職場の人に話を聞くのは新鮮。

初めて聞く職場での蒼生の話に、うれしさを覚える。蒼生からは仕事の内容を聞けても、蒼生自身が職場でどんな感じなのかは教えてはもらえないから。

「そうなんですね。あとは、もう少し柔らかい雰囲気を心がけたらいいのに」

「あ、それです。近寄りがたい印象が変わりますね、絶対」

つい数分前までわかり合えないタイプかと思っていた人と意見が一致し、思わず笑い合う。南野さんは軽く目を伏せ、穏やかな声でぽつりと漏らした。

「でも、この間の佐伯さん、見たことのない顔をしてました」

「この間……？」

「買い物中の時です。名取さんのこと、もう本当に蕩けるくらいやさしい表情で見てましたからね」

他人にそんなふうに見えていたと聞かされて、このうえなく恥ずかしい。

なにも返せず頰を熱くしていると、彼女が力なくこぼした。

「敵わないのをわかっていたくせに、こんなことまでして……滑稽ですね私」

南野さんの乾いた笑い声が徐々に消えていく。

「すみませんでした」

謝罪する南野さんは、とても綺麗な姿勢だった。

きっと彼女にはなにか理由があったんじゃないだろうか。一時の気の迷いに、なにかが重なって大胆な行動を取ってしまった、とか。

彼女のつむじを見つめていると、そんな事情など今さら聞く必要もないと感じさせられる。

「南野さん。お互いに、これからもできることを精いっぱい頑張りましょう」

すると、彼女はゆっくりと姿勢を戻し、潤んだ瞳で歪《いびつ》に笑った。


その日、家に着いたのは午後六時半過ぎ。すでに明かりがついていた。

リビングに入ると、キッチンに気配を感じる。覗くと、蒼生が生姜をすっているところだった。

「ただいま」と声をかけると、蒼生は一度手を止め、こちらを振り返る。

「おかえり。ちょっと遅かったな」

「うん、少しだけ残業」

南野さんに相談したいことがあると言われた直後は、蒼生にすぐ報告したいくらいだった。でも、なんか今はもういいかな。

　これは勝手な私の予想だけれど、南野さんも出来心みたいなものだったと思うし。なにより、この先も一緒に働く蒼生に知られたくはない出来事には違いないだろうし。

「そう。お疲れ様。先に適当に作ってたよ。今夜は生姜焼きで――」

　手元に視線を戻した蒼生の背中に抱きつく。

　逞しい身体、温かな体温、落ち着く香り。それらを感じながら、蒼生の存在を確かめ、心の中で感謝する。

「どうした？　包丁持てないんだけど」

「んー。なんか……くっつきたい気分？」

　瞼を閉じて答えると、くるっと体勢を変えられて向かい合わせになる。その拍子に、蒼生も私の腰に手を回してきた。

「そういう可愛いことをしたら、どういう展開になるか……もうわかるだろ？」

「あー、ごめん！　ご飯支度中だっ……う、ン」

　蒼生の指摘で我に返り、両手をパッと離す。一歩後ろに下がるも、瞬く間に腰を引き寄せられた。

　蒼生のキスはいつもやさしく始まって、次第に深くなっていく。

　まるで、想いの深さを証明するように。

「全部後回しだよ、夏純」

私を見下ろす蒼生の、少し意地悪な笑みに心臓が反応する。

誰かに溺れるのを恐れていたのに、今ではもう手を離すことすら考えられない。

蒼生なら、ずっとそばにいてくれる。

その安心をくれる手を取って、すべてを委ねて静かに熱く溺れていった。

漠然と、この先も彼の温もりを一番近くで感じていけると信じて止まなかった。


土曜日を迎えた。

今日は私の誕生日。と言っても、変わらず仕事が入っている。

二十九歳という年齢を考えたら、もう大げさにお祝いするような歳でもない。それこそ、これまでもタイミングが合えば蒼生とふたりでケーキを食べる程度だった。

今年もそういうふうに過ごせたら、十分幸せ。

今夜のメニューはどうしようか。私の誕生日ではあるけれど、蒼生が食べたいものを用意する方が作り甲斐はあるんだよなあ。蒼生は今日、新千歳空港から朝一のフライトで戻ってきて、それ以降は地上勤務と言っていた。私も日勤で、大体同じ時間に帰宅できそうだから、一緒に作るパターンかな。

休憩直前にそんなことをぼんやり考える。

先に休憩に入っていたスタッフたちが戻ってきたので、交代して休憩に入る。

お弁当を手に取り、スマートフォンに触れると蒼生からメッセージが来ていた。

【お疲れ。今日は外で食事しよう。店は予約してあるから、家で準備して待ってて】

外食？　予約までしてくれてるって……。やっぱり、恋人同士になったから……？

文面はこれまでと特段変わらない、用件のみの簡潔なメッセージ。でも、どこか特別な感じがうれしい。

【了解。あとでね】

メッセージでは浮き立った感情が露わにならないよう、淡々と返した。送信し終えた直後、声をかけられる。

「名取さん、なにかいいことあったの？」

「えっ」

いつの間にか、休憩室に真柄さんを含め、ふたりの先輩がいてどぎまぎする。

「顔が笑ってたよ～。彼氏？」

にやけ顔の真柄さんの質問に、もじもじして「はい」と返した。そこに、もうひとりの先輩がしみじみ語りだす。

「いいねー。私も昔はそんなんだったな。結婚して五年になるけど一緒にいるのが当たり前になっちゃったせいか、メッセージひとつでうきうきしてた頃が懐かしい」

結婚して一緒にいるのが当たり前になる、か。

私たちは、結婚はおろか恋人関係になったのもごく最近。高校を卒業後に数年離れになったくらいで、二十年以上もそばにいるんだよね。それでも付き合いたてだからか、こんなにドキドキしている。

「あ。でも結婚してマイナスなことばかりじゃないよ。やっぱり戸籍が一緒になると家族になったって実感するしね。ま、私にとっては安心材料のひとつではあるかな」

安心……か。結婚の魅力のひとつなんだろうな。

それから、私は先輩たちと楽しく会話を交わしつつ、お昼ご飯を食べた。

今頃、蒼生はどこでなにを食べているのかな、なんて面映ゆい気持ちで時折考えながら。


今日はたまたま、いつもより少しだけ早く上がれた。

マンションに着いたのは六時過ぎ。蒼生からの連絡はまだない。

「ただいま～」

誰もいないのに『ただいま』と声をかけるのは、昔からの癖だ。

靴を脱ぎ、廊下を歩き始めた時に、蒼生から電話がかかってきた。

「もしもし」

『夏純、今職場？』

リビングに入り、ダイニングチェアにバッグを置いて窓際へ歩いていく。

「ううん。今日はいつもより早く上がれてね。今帰ってきたところ」

『そう。こっちはあと三十分くらいか。悪いな』

「全然平気。気をつけて帰ってきてね」

スピーカーから、蒼生の反応が一向に返って来ない。

「蒼生？」

首を傾げて、名前を呼んだ。すると、どことなくうれしそうな声で言われる。

『なんかいいな。今のやつ。新婚みたいだった』

今のやつ？　今のって、私なに言ったっけ。

『気をつけて帰ってきてね、って』

改めて復唱されると、めちゃくちゃ恥ずかしい。

「なっ……べ、別に普通でしょ？」

『そうだな。これからそれが普通になるんだな』

本当、蒼生にはドキドキさせられっぱなしだ。照れもせずにそういうセリフを言えるなんて。学生時代の友達や職場の人たちには、きっと想像もつかないと思う。

そういう一面を私の前だけで見せてくれているのかも、と思うだけでうれしい。胸が高鳴る。

「もう、ほら。私もこれから準備するから、一旦切るよ？」

『あ、そうそう。その件で連絡したんだ。俺の部屋のクローゼットにショッパーがあるんだけど、見てみて』

「え？　うん」

私は言われるがまま、蒼生の自室へ向かう。部屋に入り、ウォークインクローゼットの扉をそっと開くと、足元にそれらしきショッパーがあった。

「これ？」

通話を繋いだままつぶやき、持ち手の紐を掴む。ショッパーのロゴを見て、首を傾げる。

これって、レディースブランドのロゴだと思うんだけど……。

『それ、夏純にやるから。開けてみて』

「えっ」

蒼生の言葉に驚き、声をあげた。

まったく予想だにしていない贈り物に戸惑いつつも、そろりと中身を確認する。中には、なにかが綺麗に包まれて入っていた。

通話をスピーカーホンに切り替え、中身を取り出し、ゆっくり包装紙を解いた。

「こ、これって！」

薄紙も開いて見てみれば、見覚えのある黒のワンピース。

『今日はそれ着て』

これは、前に蒼生と一緒に出かけた時に可愛いなと思っていた服だ。

「なんでこの服が……」

『この間、それを見てる夏純に気づいた。夏純に似合いそうだなあと思って。ほら、誕生日プレゼント』

「誕生日プレゼントって」

こんなサプライズ、ずるい。蒼生がいつも私を気にかけてくれているって、改めて思い知る。

そういえば、南野さんが言っていた。あの日、蒼生の私を見る目がとてもやさしかったって。

　私はワンピースを両手で持って、そっと抱きしめる。

「ありがとう。じゃあ……これ着て待ってる」

『ああ』

　蒼生との通話を切り、普段よりちょっと急ぎめで支度をする。一度シャワーを浴びてメイクをし直し、プレゼントしてくれたワンピースに袖を通した。

　ひと通り準備を終えたところに、蒼生が帰宅してきた。

「ただいま」

「おかえりなさい。……どう？」

　玄関まで出迎えて、おずおずとスカートの裾を軽く摘まんで見せる。

「やっぱり似合ってる。可愛いよ」

「ま、まあね。服が可愛いもん」

　こんなオシャレなワンピースは、普段まったく着ないから、つい冗談めかして返してしまった。

　蒼生はクスッと笑い、私の頭に軽く手を置く。

「そういうことにしておこうか。ところで、今日は髪を下ろしたんだな」

「うん。へ、変？　服が服だから、合わせてそうしてみたんだけど」

「いいや。下ろしたスタイルの夏純も好き」

身体を屈め、顔を覗くようにして言われ、心臓が飛び出そうになる。

「じゃ、荷物置いてくる」

蒼生は私を横切っていき、自室に消えた。

もう、もう……っ。蒼生ってば、わざとなの？　今日は特別甘いっていうか。そのせいで蒼生を意識しっぱなし。

「はー」と大きく息を吐き、動悸を落ち着かせる。数分後、蒼生がスーツ姿になって戻ってきた。

ネイビーグレーのスーツに、爽やかな水色のストライプシャツ。それと、深緑色のペイズリー柄ネクタイは……。

「それ、着けてるところ初めて見たかも」

蒼生が副操縦士になったお祝いに、と私がプレゼントしたネクタイだ。

「気に入らなかったわけじゃなくて、着ける機会がなかっただけ」

「そっかあ。仕事は制服だもんね。でも、知り合いの結婚式とか……」

「出たことないな」

仕事が忙しいし、シフトが読めないからかな。休みの希望を出してまで参列っていうタイプじゃないもんね。

蒼生がネクタイの結び目に触れながら聞いてきた。

「似合う?」

「うん。その色、絶対似合うと思って選んだの」

容姿が整っているから、派手な色も着こなすんだろうけれど、落ち着いた色合いのネクタイが蒼生の雰囲気とよく合っている気がする。

蒼生の顔とネクタイ、それから全身をまじまじ見ながら答えると、蒼生はうれしそうに目尻を下げた。

「行こうか」

蒼生の声かけでハッとし、「うん」と返してパンプスを履く。

エレベーターを降り、駐車場へ向かう途中、蒼生の後ろ姿を改めて見てふいに思う。

私へのプレゼントのこのワンピース。クラシカルでカジュアルというより、フォーマル寄りのファッションだ。そして、蒼生もまたしっかりネクタイまで結んで、エレガンススタイル。

もしかして、今夜の行き先ってかなり高級な店なんじゃ……。

「車で三十分くらいのところだから。我慢できる？」

車に乗り込むなり聞かれて、苦笑交じりに答える。

「もう、子どもじゃないし。職場でも時間通りにお昼に入れなかったりするから大丈夫。慣れてるよ」

「そっか。じゃ、出発するよ」

シートベルトをカチッと締めると同時に、蒼生の顔が近づいてきた。ドキッとして硬直すると、蒼生の手がこちらに伸びてくる。

こんな出かける直前に、と動揺するも、蒼生は私の肩にかかっていたシートベルトを直してくれただけだった。どうやら捩れていたみたい。

「あ、ありがと」

ニコッと笑顔だけ返され、さらに心臓が跳ねた。

今日の昼休憩に先輩と話していた内容を思い出す。

本当に、何年かしたら慣れていくの？　幼稚園の頃から一緒にいたって、今こんなにドキドキしているのに？

移動中は、あまり話しかけられなかった。運転中の蒼生を気にしてというより、私が意識しすぎてしまって。

その後、スムーズに目的地に着いて、車を降りる。

風情のある庭園と灯籠式の看板から、いかにも普段利用するようなお店ではないことを察する。

やっぱり、さっき予想していた通りだ。じゃなきゃ、私も蒼生もこんなにきちっとした服装で出かけたりしないもの。

「個室を予約してるから、緊張したり、かしこまらなくても平気だよ」

緊張する私とは裏腹に、蒼生はまったく変わらぬ様子。

小さい頃からそう。蒼生はいつも落ち着いていた。そして、中学生くらいからは、同い年とは思えないくらい頼りがいがある。大人びているところはずっと変わらない。

蒼生を見つめていたら、軽く曲げた腕を差し出された。私が首を捻ると、手を取られて腕に添わせられる。本格的なエスコートの図に気恥ずかしさを感じつつ、躓かないように足を踏み出した。中に入ると、和装の女性がやってきて案内してくれる。

少し明るさを抑えた照明や、円形の窓。床の間の掛け軸や生け花などから、高級感が漂っている。

掘りごたつ仕様になっているのは幸いだった。この雰囲気の中、緊張で足も痺れて……となれば、せっかく美味しい料理も満足に味わえないままになりそうだもの。

向かい合って席に着くと、横幅十五センチほどの和紙が置いてあった。

「コース料理？　わあ、私が好きそうなものばかり」

生湯葉や鰻の白焼き、牛フィレにお寿司まで。間違いなく高級な日本料理店だ。

魅力的なお品書きに夢中になっていたら、正面から「ふふ」と笑い声が聞こえた。

「だと思った」

蒼生は軽く握った手を口に添え、肩を揺らしていた。

その後、美味しい料理に舌鼓を打ち、幸せなひとときを過ごした。

最後にはさつまいもプリンのミニパフェまで出てきて感動する。デザートスプーンを咥え、やさしい甘みが口にいっぱい広がり頰が落ちる。

「美味しさが染み渡る〜！　仕事の疲れも忘れちゃうね」

ほくほくした気持ちで吐露すると、蒼生はまだ食べる前だというのに満足そうな表情でこちらを見ている。

ずっと見続けられるのって、恥ずかしい。まともに蒼生の顔を見られず、ひたすらパフェを食べ進めた。

最後のひと匙をすくって口に入れる。私が完食する数分前に、蒼生はすでにパフェを平らげていた。

「ごめん。食べるの遅くて」

「そんなこと、気にする必要ないだろ。それより、ちょっと左手出して」

突然の指令に、首を捻る。テーブルを挟んだ向かい側の蒼生に向かって腕を伸ばすと、軽く握られた。ドキッとする間に、蒼生はポケットからなにかを取り出す。

なにをされるのかと観察していると、手首に腕時計を装着された。

「誕生日おめでとう」

蒼生が手を離し、ひとこと言って微笑んだ。

伸ばしていた手を引っ込めて、腕時計を見る。

白ステッチの入った黒の革バンドに、フェイス部分は黒地でシンプルな白色のメモリ。フェイスの枠であるベゼルには二十四までのメモリがある。

その文字盤デザインに見覚えがあった。

蒼生がいつもつけているのと同じ……？　ううん。文字盤は一緒かもしれないけど、ベルト部分とか、文字盤の大きさとか少しずつ違う気がする。というか――。

「プレゼントって……なんで？　だってこの服が」

「本当は、その服は誕生日と関係なく買ったんだ。本命はこっち」

衝撃的で言葉が出て来ない。

今着ているワンピースが誕生日プレゼントだと思っていた。これだって十分驚いたし、きっと値段も高かったと思う。

「それ、俺が普段使ってるものとペアなんだ」

蒼生は自分の右手につけている腕時計をこちらに見せて言う。

「やっぱり！」

だとしたら、相当高級なはず。ワンピースや美味しい食事だけでなく、最後にこんなサプライズがあるなんて反応に困る。だって、してもらうばかりで……。

「夏純は仕事柄、ベルト部分は柔らかい素材がいいだろ？」

私の心の中など知る由もない蒼生は、にこやかに話をする。

「……うん。これなら毎日着けられる」

腕時計は、患者さんにぶつかったらいけないから、金属製のベルトは避けるルールがある。そういう細かなところもきちんと気遣ってくれるあたり、蒼生らしい。

「よかった。これはＵＴＣ機能を搭載されているシリーズで、最大で三か国の時刻がひと目でわかる」

「そうなの？」

「ああ。夏純の場合は、メインは東京の時刻にしておいて」

蒼生は席を立ち、隣にやってくる。私の腕時計のリューズを弄りながら、丁寧に説明を始めた。

「黄色い針に、ベゼルを回して俺がいるところに合わせれば。たとえば……そうだな。来週はスイスへ行く予定だから、時差七時間。その分だけずらせば……ほら。すぐに今何時かってわかる」

今、東京は午後八時十五分前。スイスは外側の枠のメモリで、十二……。つまり、もうすぐ正午ってことかな。

「確かにこれなら二十四時間計だから、昼夜の区別がつきやすいね！　ありがとう。だけど、私は蒼生の誕生日の時、たいしたことしてないのに……」

「そんなことないよ。ただこれは、離れてても俺のことを考えていてほしいから」

蒼生の表情を確認せずとも、真剣な気持ちで言ったのは声色からわかる。

ゆっくりと腕時計から目線を上げていく。蒼生は苦笑いを浮かべながら、口を開く。

「重いと思った？」

「そんなふうには」

「重い自覚はある。でもどうしようもないんだ。長く一緒にいて、収まるどころか……。やさしい夏純なら、そんな俺ごと受け止めてくれるだろう?」

さりげなく握られた手から、なんとなく蒼生の緊張が伝わってくる。

私はその手を、そっと繋ぎ直した。

「表向きのやさしさだけで蒼生と向き合ってない。私にとって、蒼生はずっと特別なんだよ」

顔を覗き込むと、蒼生はちょっと赤らんだ頬を片腕で覆い隠す。

「あー、なんか俺もプレゼントもらった気分だ」

照れくさそうにそうこぼし、きゅっと手を握り返される。

自分の気持ちを受け入れて、相手にも同じように受け入れてもらう。そうすると、こんなにも穏やかで幸せな時間を過ごせるのだと初めて知る。

「本当にありがとう。服も時計も大事にする」

私はこの幸せを大切にして、守り抜きたい。

たとえ、なにがあっても。

食事を終えて車に戻ると、蒼生がエンジンをかけて言う。

「ちょっと足延ばさないか? 少し南下したら、いい景色を見られるタワーがある」

「タワー……」

ここから南にあるタワーと言えば、高さ三十階以上あるシンボルタワーだったはず。クリスマスシーズンには、そのタワーにイルミネーションでクリスマスツリーを描くことで有名で、子どもから大人まで人気のあるイベントだと聞いた。話に聞くばかりで、千葉で暮らしてからまだ一度も訪れたことはない。

するとふいに右手を握られたものだから、びっくりして蒼生を見る。

「せっかくだし、デートっぽいことしよう」

「蒼生がいいなら」

「ふ。いいから誘ってるんだろ？」

話がまとまり、車で約三十分。東京湾のすぐそばにそびえ立つタワーに到着した。

夏季期間は営業時間が一時間繰り下がっていて、あと三十分くらい猶予がある。

私たちは急いで展望フロアのチケットを買って、移動した。

「結構お客さんいるね」

「土曜日だしな」

地上から百メートルを超える高さからは、どの方角も素晴らしい景色だった。

凝縮された街の夜景や、東京の高層ビル群。東西南北それぞれ違う顔が見えて、すごく面白い。特に興味を引かれたのは南のデッキだ。

街中の煌々とした景色とは少し違う、青白い明かりをバックに、暖色の明かりが東京湾の水面に映し出されている風景。あれは……工場？

「こういう工場夜景は、海外でもあるよ」

後ろにいた蒼生がひとこと言った。

声が近くから聞こえて一瞬ドキッとしたのを気づかれないようにして、窓の外を眺め続ける。

「へえ。そうなんだ。昼間だとわからないけど、夜になるとこんなに幻想的なんだ。世界は広いし、きっといろんな景色があるんだよね」

毎日なんだかんだと慌ただしく過ごしていると、狭い世界で完結してしまっているのかもしれない。そこへいくと、蒼生は仕事がグローバルだから、私なんか想像もつかないほどいろんな景色や文化に触れているんだろうな。

おもむろに蒼生を振り返ると、蒼生は私の頬に手を伸ばしてきた。

「ああ。夏純が望めばどこへだって連れて行くよ」

蒼生の言葉は全部本心。嘘どころかお世辞だって言わない。

「うん。ありがとう」

蒼生なら、本当に私をどこへでも連れて行ってくれそうな予感がした。

誰かに踏み込むのを躊躇していた私を、今こんなふうに引っ張っていってくれているのがなによりの証拠。

いつしか夜景ではなく蒼生を見ていると、突然左手を掴まれた。

「え？　なに？」

蒼生は私の手のひらを上に向けるように握る。単に手を繋ぐ形にはなっていないから、不思議に思った。

次の瞬間、手のひらサイズの小箱を乗せられる。

さすがにそれにはピンと来て、目を見開いて固まった。

「待って……これって」

「そう。これは誕生日のプレゼントじゃないよ。開けてみて」

蒼生に言われて、ゆっくりと箱のふたを開ける。中身は想像以上に素敵なエンゲージリング。真ん中にエメラルドカットルビー。その左右には小粒のダイヤモンドがあしらわれたイエローゴールド。

「ルビー？　もしかして、私の誕生石だから？」

「ああ。それと、夏純って、こういう綺麗な石が好きそうだったから」

「うん、すごく好き。こういう色のついた綺麗な石が……」

「貸して」

蒼生は箱を手にし、指輪を摘まんで薬指にゆっくりとはめていく。完全に根本まで指輪を通したあと、薬指にキスをした。

「俺と結婚して」

まるで物語の中で見るようなプロポーズに、心臓が飛び出しそう。

今日一日で、こんなにたくさんのサプライズを用意してくれていたことに心の底から驚いた。

二十九歳の誕生日。恋人とデート……。それらのキーワードを並べても、こういう展開があるかも、とはまったく考えもしなかった。自分の恋愛偏差値の低さに失笑するしかない。

「夏純は全然考えてなかった？　今のままがいい？」

蒼生に真剣な面持ちで問いかけられる。

結婚については今まで現実味のない話だった。けれど、蒼生と恋人になってからは時々頭を過るようになった。

現状のままでも十分、という考えは多少ある。これまで、近くにいた蒼生との関係性がより近しいものに変わり、同居も始めた。今に不満はないし、むしろ満たされているとさえ思う。

だけど――。

「……したい。結婚。蒼生と」

結婚は家族になるってこと。安心できるって、今日先輩も言っていた。

あの話を聞いた時、素直に『いいな』って思った。

身体の前で手を揃え、瞼を軽く伏せて蒼生の反応を待つ。けれども、なぜかなにも返事が来なくて、そろりと顔を上げた。

普段なにも動じない蒼生が、目を丸くして固まっている。

「驚いた。まさかこんなに早く、承諾もらえるとは思ってなかった」

「な、なによ」

茫然とした表情のままこぼされて、なんだかこちらもばつが悪くなる。

だけど、私にとっては今思いつきで了承したわけではない。長年一緒にいた蒼生が本当に大切だと改めて実感しているし、自分の気持ちに正直になったからには、もう踏みとどまらずに進んでいきたいと考えたうえでの返答。

蒼生にとっては青天の霹靂みたいなものだったんだ。つまり、私がすぐＯＫする可能性は低いと想定していたってこと。

それにもかかわらず、ある意味〝玉砕覚悟〟でプロポーズをしてくれたの？　冷静になって聞けたらいいのに、私ときたら今日はずっと驚かされっぱなしでスマートに質問すらできない。むしろ、照れくささのあまり、どんな顔をすればいいかわからなくて、堪らずそっぽを向いてしまうありさまだ。

すると、蒼生はふいに笑った。

「いや。録音しておきたかったな、今の」

「……やだよ」

口を尖らせて答えたあと、ゆっくり首を回して蒼生を見た。

蒼生は「ふふ」と笑いをかみ殺し、私の左手をすくい取る。そして、今しがたつけてくれた指輪を親指で撫でた。

「もう。今日は何個プレゼントをくれるのよ。三年分じゃない？」

照れ隠しで言うと、蒼生は柔らかく微笑んだ。

「何個でも。誕生日じゃなくても渡したくなるし、指輪もいくつでもやる。何回だってプロポーズする覚悟だったから」

本当に。こんなにまっすぐ愛をささやいてくれる人なんていないと思う。

ああ。もしかすると、不安症の私だから蒼生はこれでもかというくらい、過剰に愛を与えてくれているのかもしれない。そう思っただけで、涙が出そう。

「や……指輪はひとつでいい」

目は潤み、声も震えているのには自分で気づいている。それでも、わざと皮肉めかして返した。

ここが家だったら、我慢せずに泣いて蒼生の胸に飛び込んでいっただろう。

目尻を軽く拭ったら、蒼生が私の手を拘束して瞼にキスを落とす。

「ちょ、急に……！」

「誰もいないよ」

言われて辺りを見回すと、気づけば近くには誰もいない。

蒼生は口元に笑みを浮かべ、今度は指輪に口づける。

「これひとつで満足するのはダメ。あともう一個だけ。俺とお揃いのやつ、今度見に行こう」

甘いセリフや行動に打ちのめされそうになりながらも、どうにか首を縦に振る。

どのプレゼントも本当にうれしい。

でも、一番心に残ったのは、今私の瞳に映っている蒼生の極上の笑顔だった。

蒼生との生活も順調に過ごし、誕生日から約一週間経った。

日勤を終え、帰り道に夕食の買い物をする。

今夜はなににしようかと店内を見て回りながら、ふいに腕時計が目に入り左手を浮かせる。

スイスは正午になるところ、か。蒼生は今頃フライトの準備に追われているのかな。

文字盤をそっと撫で、これをプレゼントしてくれた時のことを思い出す。

特別な存在《ひと》がいると、日々が明るくなって笑顔になれる。

ささやかな幸福感を抱きながら過ごす毎日が心地よくて、以前までどうやって過ごしていたのかさえ思い出せなくなりそうだ。

蒼生は明日の朝八時過ぎに日本に着く予定だし、今夜はひとりだから適当に済ませて明日のお昼メインで買い物していこう。

スーパーからマンションに戻り、サッと食事を済ませたあと、ゆっくり入浴した。

お風呂から上がって、なにげなくテレビをつける。スマートフォンを片手にソファに座り、ルーティンでもあるネットニュースを開こうとした時だった。

『速報です。先ほど、現地時刻十三時チューリッヒ発、成田行きのＵＡＬ旅客機にトラブルが発生したとの情報が入りました。ＵＡＬ社によりますと、現在詳細を確認中とのことです。繰り返します』

女性アナウンサーの落ち着いた声とは相反した報道内容に、思わずその場に立ち上がっていた。同時に手からスマートフォンが滑り落ちる。

アナウンサーは同じ内容を繰り返す。そこに、私の知りたい情報はなんら含まれていない。その後、『情報が入り次第、お伝えいたします』とだけ言って、別のニュースに移っていった。

私は慌ててスマートフォンを拾い、関連ニュースを検索する。最新記事では、便名も記載されていて思わず目を疑った。

【8212便】……間違いなく蒼生が担当しているフライトだ。便名をメールで聞いていたもの。

その瞬間、呼吸すら忘れていたかもしれない。バクバク鳴る心臓と、苦しくなった息で頭の中が混乱の渦に飲まれる。

どうなっているの。どれほどのレベルの緊急事態なの。蒼生は無事に帰って来られるの――。

急《せ》く気持ちでさらにネットニュースを確認するも、どれも同じ情報ばかり。滅多に使わないSNSにならば……と思って、ひたすら検索をかけてみる。

でも公式からの情報ではない分、不安は煽られ、また、私と同じような人たちの発信を目にしては胸が押しつぶされそうになる。

「……どうして」

どうして忘れていたの。

幸せなことには、必ず苦しさもついて回ることを。

5．信じて、願う

制服に袖を通す。俺はいつもその瞬間に、気持ちを切り替えている。

この服を着て、コックピットに入ったなら、油断や甘えは一切許されない。いかなる問題が起きようとも動じずに、乗客やクルー全員の無事を守り抜く。

「ふう」

息を吐くことで、余計な力を抜いた。その後、いつものルーティンでポケットのお守りを手に取り、ジッと見つめる。

どうか、今日も守ってもらえますよう。俺もみんなを守れますように。

諸準備を終えたらコックピットに入り、右側の操縦席に座る。手順《プロシージャー》に沿ってフライトまでの準備と確認を行った。

ちらりと腕時計を見る。東京は午後七時頃。

夏純はもう家に帰っただろうか。

もうずっと、こうして仕事中のふとした時にもステイ先のホテルでも、夏純を思い出す。それはこの先も変わらないと、自分でわかる。

ああ、早く会いたい。

時速九百キロも出して飛んでいたって、その気持ちの前ではまるで各駅停車の列車にでも乗っているような心持ちだ。

定刻を迎え、離陸態勢に入る。俺は管制官へ離陸の合図をした。

「Runway 28R,cleared for take off. UNIVERSAL AIR 8212.（ＵＡＬ8212便、滑走路28から離陸許可済み）」

今日は天候状況がいいため、ブリーフィング時のキャプテンの判断によりＰＦ――パイロットフライト、つまり操縦を担当することになっていた。

管制官との交信ののち、チューリッヒ空港を離陸する。巡航高度に達したあとは、オートパイロットに切り替えた。その後もしばらく通常通り緊張感を保ちつつ飛行していると、キャプテンがぽつりとつぶやいた。

「与圧がおかしい」

彼の声はいつもよりもやや低く感じられる程度で、大きな動揺は感じられない。いや。本当は動揺しているのかもしれないが、それを微塵も見せていなかった。

パイロットたるもの、どのようなことに直面しても狼狽えてはいけない。

俺も若干自分の心拍数が上がったのを感じるものの、至って冷静に反応した。

「このままの高度で飛行するのは危険ですね」

「そうだな。まずはキャビンの安全を確保するため低空飛行に。高度を八千フィートに変更。できるな？」

「はい。高度八千フィートで飛行します」

オートパイロットからマニュアルに切り替える。

大丈夫だ。訓練を怠らずにやってきた。頼りになるキャプテンもいる。あとは、培ってきた知識と技術、動じない精神でやるべきことをやるだけ。

——迷うな。自分と仲間を信じろ。

「私は管制官へATB《エアターンバック》申請をする」

キャプテンの声に、「了解」としっかりと答えた。

エアターンバックは元の空港へ戻ることを指すワード。現在地はチューリッヒ空港にまだ近い。とはいえ、予定外の着陸だから百パーセント受け入れてもらえるかどうかはわからない。操縦桿を握る手に力が入る。

キャプテンは能率的に行動していく。

「We request return back to airport.（空港へ引き返すことを要求します）」

『Roger, Request reason for ATB.（ラジャー。エアターンバックの理由を教えてください〟』

キャプテンと管制官との会話を耳に入れながら、操縦に神経を研ぎ澄ませる。

緊迫した空気だが、それに飲まれてはいけない。今、俺たちが握っているのは操縦桿だけではなくて、乗務員や乗客すべての人たちの命運もなのだから。

キャプテンが冷静に無駄なくやりとりをする横で、燃料ゲージをちらりと確認する。

離陸してから約一時間。当然のことながら、最低でも十三時間は飛行する予定だったため、燃料がかなり余っている状況だ。燃料を捨てて機体を軽くしなければ着陸は難しい。

そう考えていた時、キャプテンが言った。

「ATBの許可は下りた。が、燃料を投下しなければ着陸できないな」

「燃料投下準備、できています」

俺が即座に答えると、キャプテンはわずかに口の端を上げた。

「よし。迅速かつ慎重に」

「はい」

エンジンのトラブルではないのが幸いだ。

しばらく旋回して着陸する。そう、いつも通りだ。

それから、キャプテンは客室の責任者であるチーフパーサーとの連携を図り、乗客への不安も最小限に止《とど》めるよう計らいながら、俺への指示も的確にしてくれた。

上空での旋回を続け、ようやく着陸態勢に入れる頃には、初めに離陸してから三時間近くが経とうとしていた。トラブル対応としては、順調に進んでいる。

「Euro control,UNIVERSAL AIR 8212.Request an emergency landing at Zurich Airport.（チューリッヒ空港へ緊急着陸をリクエストします）」

「UNIVERSAL AIR 8212.Landing clearance to Zurich Airport.（着陸を許可します）」

許可が下りたため、着陸の準備に入る。遠くに空港が見え、管制エリアの変更に対応した。

……嘘だろ。いよいよ、と思った時、さらに予期せぬ事態に見舞われる。

ここに来て、まさか別の問題が浮上するなんて。

しかし、操作しても結果は変わらない。いよいよ事実を認めざるを得なくなった。

「キャプテン……。メインランディングギア、右側が出ません」

「なんだって……？」

さすがの俺たちも、一度ならず二度もトラブルに見舞われれば、動揺せざるを得なかった。

＊＊＊

――日本時刻は午後十時。

私は速報に続くニュースを見て、錯乱しかけていた。

最悪の事態にはなっていない。最後に見たニュースでは、海の上を旋回中で、乗員乗客は今のところ全員無事と言っていた。でも、そんなのはほんの少しの安心材料でしかない。ちゃんと無事に着陸して、然るべき発表を見るまでは……蒼生の声を聞くまでは、落ち着くわけがない。

スマートフォンを片手に、ひとりきりのリビングをふらふら歩く。キッチンカウンターの上に置いてあるアクセサリートレーに目を向けた。

蒼生からもらった指輪と時計を両手に取って、下唇をきつく噛む。深く俯いて、今にも涙がこぼれ落ちそうになった瞬間、着信音が鳴り始めた。途端に不安と期待が入り乱れる。

蒼生に関する連絡かもしれないし、まったく別の連絡かもしれない。

どうしよう。知りたいけど、怖い。

滲んだ視界で恐る恐る確認したディスプレイには、【恵生くん】の文字があった。

「……もしもし、恵生くん」

『その様子だと、やっぱりもう知ってるみたいだね。蒼生のこと』

恵生くんは、私を落ち着かせるようなゆったりとした声で言った。

『俺もたまたま昨日蒼生にメールして、スイスにいるって聞いていたんだ。今日の昼の便に乗るって話だったから今回の件は驚いて……夏純ちゃん？　大丈夫？』

堪えきれず嗚咽した。

口調は違っていても、蒼生と似た声の恵生くんとの電話は胸にくる。

あの声で『夏純』って、たくさん呼んでくれた。当たり前だと思っていた日常が、こんなふうにあっけなく消えそうになるだなんて。

「……蒼生……っ」

電話だとまるで蒼生と話している感じがして、一気に感情が溢れ出した。

掠れ声で恵生くんに泣き縋る。

『夏純ちゃん、気持ちはわかるけど落ち着いて』

それこそ、恵生くんの言うことはわかるものの、到底落ち着いてなどいられない。

そろそろ気持ち的に限界だ。

唇が見えなくなるほど力を込めて引き結び、大きな不安に飲み込まれないよう必死に耐える。

恵生くんは、こんな時にもかかわらず穏やかな凪みたいな声音で続けた。

『俺たちは詳しい状況がわからなくて、もどかしい。だけど、ゆっくり呼吸をして。そうしたら、思い出してみて』

「なにを……？」

『蒼生のことを誰よりもよく知っているのは、夏純ちゃんだ』

恵生くんの言葉を受け、静かに顔を上げた。

『あいつは小さい頃から優秀だ。航空大学校も首席入学・卒業してるんだよ？　今回のようなトラブルにも対応できる力はあるはず。それに蒼生だけでなく、パイロットはみんな同じ課程を修了して、操縦しているんだ』

そう。蒼生は昔から頭がよくて、手先も器用で……なんでもできて、すごいなあって思ってきた。なにか困ったことがあっても冷静沈着だったし、安心感をくれていた。

『俺たち医療従事者も同じだろう？　その場にいるみんなの知識と技術を出して、協力してやり遂げる』

恵生くんの話には説得力があった。

同じ職種だからというのが大きいけれど、まさにその通り。予期せぬトラブルが起きた時こそ冷静になり、スタッフみんなで協力してピンチを乗り切る。

その場面はこれまで何度も遭遇してきたもの。だからこそ、今蒼生がそれと同じ状況にいるのだと思えば、全力で乗り切るイメージがさっきよりもリアルに浮かぶ。

ようやく普段通りの呼吸ができていると気づいたところに、スピーカーの向こう側から柔和な声が聞こえてくる。

『夏純ちゃんの転属先にまで追いかけていくようなやつだよ。君を悲しませることなんかしないさ』

信じる者は救われる。その言葉を、ずっと本気で受け止められなかったのは、望む結果にならなかった時が怖かったから。

でも今、私が強く信じることで願いが叶うかもしれないなら、やる前からあきらめずにカッコ悪くても足掻いて祈りたい。

――『離れてても俺のことを考えていてほしい』

蒼生。離れていても、蒼生のこと考えているよ。

離れている距離は、必ず埋まるものだと思っていた。ううん。今もそう信じてる。

だから絶対に帰ってきて。『ただいま』って言って、笑って。もう一度、蒼生のあったかい手で私の手を繋いで。

私は恵生くんとの通話を切ったあとも、ベッドにも入らずリビングでずっと願い続けていた。

蒼生からもらった腕時計を握りしめながら。

＊　＊　＊

ヨーロッパ上空を飛び続けて、四時間は経過した。

本来なら、今日のフライトは約十三時間かけて成田へ向かうもの。

時間だけでみれば、現状況は〝たった四時間〟のはず。が、すでに一本のフライトを終えたあとのような疲れを感じていた。その矢先だ。

「右のメインランディングギアが出ないだと？」

予想外に重なるトラブルに、さすがのキャプテンも愕然としていた。

メインランディングギア——機体中央下部に格納している、車輪のこと。

「それじゃあ、燃料はできる限り投棄したとはいえ……機体と乗客の重みでバランスを取るのは難しい」

キャプテンはモニター各所を見ながら、渋い声をこぼす。

俺は頭をフル回転させ、ひとつ閃いた。

「その他は異常なし。そのうえで提案があります。キャビン内の荷重バランスを調整して着陸するのは？」

「なんだって？」

「異常のあるメインランディングギア側に負荷をかけないように、左側とノーズランディングギアへ乗客の席を移動してもらうんです。もちろん、できる範囲でです」

つまり、無事な車輪の位置へうまく負荷がかかるように調整するということだ。

現状は、メインランディングギアの左側と、ノーズランディングギア……前方の車輪は生きている。右側の荷重さえ軽くできれば、不可能ではないはず。

「確かに……。それがうまくいけば、胴体を擦るのも最小限になるだろうし燃料への引火の可能性は低くできるかもしれない」

「はい。幸い搭乗率は約七割。ほんのわずか機体を傾けて、スピードも調整して」

常に不測の事態に対するトラブルシュートは想定し続けてきた。もちろん、頭で考えているのと実行するのとではわけが違うことも織り込み済みだ。

しかし、実行せざるを得ない状況に陥った時のために、何度も何度もシミュレーションを重ねてきたのだ。これは一か八かの提案じゃない。勝算はある。

「そうだとしても、かなり着陸が難しくなるぞ。できるのか？」

「やらせてください」

今日の天候も味方してくれている。あとは、これまでの自分を信じるのみ――。

「わかった。許可しよう。では私は乗客・乗務員にアナウンスをして、君のフォローに回る。だから迷わずにやれ」

「ありがとうございます」

キャプテンの力強い瞳と声に鼓舞される。

俺はチーフパーサーに協力を仰ぎ、さらに乗客へもつとめて冷静に、簡潔に状況を説明する。

十数分後。頭の中でシミュレーションしていた態勢が整った。

『UNIVERSAL AIR 8212,Runway 35L,cleared to land.（滑走路35に着陸を許可）』

「UNIVERSAL AIR 8212,Landing on runway35.（ＵＡＬ8212便、滑走路35に着陸します）」

最後の旋回をし、慎重に最終侵入態勢に入る。

ふいに夏純の声が頭の中で響いた。

――『蒼生ってパイロットにぴったりだと思うの』

単純なきっかけだった。だけど、現実にパイロットになった今、彼女の喜ぶ顔見たさだけで職務に当たれはしない。

乗客みんなを守り抜く。その使命を背負っている以上、絶対に責任を果たす。

滑走路がどんどん近づいてくる。神経を研ぎ澄ませ、風の影響も考慮しながら操縦桿を一ミリ単位で微調整を繰り返す。

地面に車輪がついた瞬間、ドン！といつもよりも大きな音がした。同時に、後方のキャビンからどよめきが上がる。

失速していく機体は右側に大きく傾き、もう一度衝撃を受けた。胴体が擦られる衝撃が操縦桿を握る手にも伝わり、いっそう力が籠る。

全員無事に、もう一度地上へ。そして、俺も夏純の元に帰るんだ、必ず。

――やがて機体は、ゆっくりと停止した。気づけば、キャビンの悲鳴は歓声に変わっていた。

「……っふう」

エンジンを切ると、さすがに大きな息が漏れ出た。すると、隣のキャプテンが笑顔を見せる。

「よくやった。労ってやりたい気持ちは山々だが、今は安全確認と乗客の誘導が先だ。

「大丈夫か？」

「はい。急ぎましょう」

傾いた機内ですべての乗客・乗務員が無事だと知らされて、安堵の息を吐く。

機内から全員を降ろし、最後に自分も出たあと、ふと右手の腕時計が目に入った。

軽く腕を曲げて見た視線の先の文字盤のガラスに、夏純の顔が見えた気がした。


緊急着陸してから、数時間後。

今回のチームで会議をし、今後のスケジュールなど再調整を終えたところにキャプテンから声をかけられる。

「佐伯。お疲れ」

「お疲れ様です」

心から気持ちを込めてそう言うと、キャプテンは凛々しい顔つきを見せる。

「君はどんな時も常に先が読めているが、トラブル時でもそれを維持しているのはさすがだったな。ＦＯの中で一番優秀だと噂されていただけある。その調子で勉強と努力を怠らないように。今日は本当にご苦労だった」

最後は笑顔を向けられ、こちらも自然と表情が緩んだ。

「ありがとうございます。また明日もよろしくお願いします」

キャプテンを先に見送って、会議スペースにひとり残った俺は脱力した。

ああ、ここで力尽きている場合じゃなかった。夏純へ連絡しなきゃな。

スマートフォンを手早く操作し、メッセージを送信する。

【心配かけてごめん。明日、必ず帰るよ】

いろいろと伝えたい言葉はあるものの、まずは夏純を安心させるのが先だと思い、短めの文章を送った。

「名取さんにですか？」

背後からの言葉に驚いて、勢いよく後ろを振り返る。パーテーションのそばには、南野さんが立っていた。

今ここにひとりきりだと思って油断した。そういや、今回のフライトでは彼女も一緒だったんだった。

彼女は俺と九十度の位置にあるパイプ椅子に腰を下ろす。

「今日は驚きましたね。正直、怖かったです。足も何度震えそうになったか」

「ああ」

「聞きました。あの着陸は佐伯さんが操縦されていたって。本当にすごいですね。あんな時にでも冷静で」

冷静、か。正確に言うなら、冷静ぶっているだけで、やはりイレギュラーなことに直面すると動揺した。

それでも……。

「自分を信じるだけだ。緊急の際にそれができるように、これまでたゆまぬ努力を続けてきた自分を」

そうしなければ、たくさんの人を悲しませる。

なによりも、俺のたったひとりの愛する人にまた深い傷を負わせてしまうから。

思わず胸の奥の熱い感情を吐露してしまい、我に返って彼女の反応を警戒した。

しかし、彼女は過剰に褒めそやすことはしなかった。それどころか、予想もしていないリアクションに眉をひそめる。

彼女は、心から驚いた、といった表情をしていたのだ。

それがどういう心境が働いているのかまったく読めず、困惑する。

「なに？」

俺の短い問いかけに、彼女は苦笑交じりに答える。

「いえ。同じこと言うんだなあと」

「誰と？」

ますます意味がわからず、怪訝な目を彼女に向けた。それでもなお、彼女は怯みもせず笑顔で答える。

「名取さんですよ。似たものカップルなんですね」

「は？　それってどういう……」

まさかここで夏純の名前が出てくるとは思わず、前のめりになった。

彼女は俺の反応を見て、なぜか目を丸くしている。

「えっ……聞いてないんですか？」

彼女の質問に首を傾げることしかできない。しかし、百パーセント、夏純と彼女の間になにかがあったということだ。

俺の知らないところで、どんなことがあったんだ？

懸命に考えを巡らせるも、わかるはずもない。すると、彼女は苦笑する。

「本当、敵わないなあ」

目の前の彼女からは、下心などは一切感じられない。だけど、気になるものは気になる。夏純は、ひとりで抱え込むところがあるから余計だ。

「アイツと、いつなにを話した？　答えの内容によっては……」

夏純を心配するあまり、低い声を出してしまった。

彼女は一瞬肩を揺らし、膝の上に置いた手を見ながら言いづらそうに話し出す。

「名取さんの職場で、です。行ったのはたまたま用事があったからですが、彼女の元へ出向いたのは……故意です」

故意だって？

「なんでそんな」

「佐伯さんを私に譲ってくれって言いました」

「はあ⁉」

瞬間的に声が出た。

俺を譲れだなんて、よくもそんな意味のわからないことを。

さすがに怒りの感情が前に出てきたその時、勢いよく頭を下げられる。

「すみません！　本当に、だけど、あっさり負けました。なんとなく見透かされていた気がします」

「見透かすって、なにを」

立腹しているのもあって、即冷たく聞き返した。

まったくもって、さっぱり理解できない。彼女も、そんなおかしな要求を受けたのにもかかわらず、ひとつも話してくれなかった夏純も。

「私がくだらない理由で、そんな馬鹿げた行動を取ってしまっていたことを」

彼女の手は力が入っているように見受けられる。視線を上げていくと、真剣な顔つきをしていた。

「私、同期の中でひとりだけ語学力が低くて。みんな二か国語、三か国語って習得しているんです。それを最近、陰で辛辣なことを言われているのを聞いてしまって……なにか見返せないかって、勝手におかしな方向に対抗しようとしたんです」

俺にはない感情と言い訳で、堪らず本音を吐露する。

「本当にくだらないな」

呆れ交じりに冷ややかな言葉をぶつけてしまったのに、彼女は傷つくでも憤慨するでもなく、小さく笑った。

「ですよね。だけど、名取さんが最後に言ってくれたんです」

「夏純が？　なんて？」

彼女は俺をまっすぐに見て、柔らかな瞳で言う。

「『お互いに、これからもできることを精いっぱい頑張りましょう』って。上辺の言葉ではなく、あれは本心でかけてくれたものだと伝わりました」

焦燥感にも似た、変な感情がちらりと顔を覗かせる。彼女が夏純を特別視しているのが伝わってきて、夏純への独占欲が溢れそうだ。

俺は女性相手に、なにを余裕のないことを……。

「名取さん、こうも言っていました。最後は自分を信じるしかない。それができるかは日頃の努力次第だ、って──」

雑念に囚われかけていたが、今の話で我に返った。

彼女は薄っすらと笑みを浮かべて続ける。

「さっき佐伯さんがおっしゃっていたことと、ほとんど同じ内容ですね」

「あいつは……強い人だよ。努力を重ねながらも、明るく逞しく生きてる。昔からずっと、俺を引っ張ってくれる存在なんだ」

臆面もなく、こんなことを特別親しくもない相手に話してしまうほど、俺の中にいる夏純の存在がどれだけ大きく揺るぎないものなのかを思い知る。

自分でこぼした言葉を反芻していると、彼女は正面にある窓を眺めながら言う。

「名取さん、お世辞じゃなくて本心で言ってました。すごいのは佐伯さんだって」

「え……」

「『すごいのは蒼生なんです。いつもニュートラルで視野が広くて、懐も深い。本当敵わないくらい。昔から……今も尊敬しています』──そう、うれしそうに目を細めて話していました」

間接的に聞かされた夏純の気持ちを、時間をかけて噛みしめる。

その場にいて、直接聞きたかった。

俺は夏純に褒められると、ほかの誰に認められるよりも遥かに大きな喜びを感じる。

そして、恋人になってくれた今なら、『うれしいよ』と伝えて抱きしめられるから。

気づけば、面映ゆそうな視線を向けられていて我に返った。

「〝どんな時でも冷静でいられるFOの佐伯さん〟で有名なのに、彼女の話になるといろんな表情を見せるんですね」

「……いや。それは自分じゃよくわからないから」

「ふふ。しっかりしていて、素敵な彼女さんですもんね」

しっかり者の彼女──。

芯も気持ちも強い夏純だが、誰よりも繊細で弱い部分を持っている。今回のことで不安にさせていたら……いや。間違いなく不安にさせた。

ようやく少しずつ変わってきた夏純を、再び臆病にさせたかもしれない。

でも、俺は夏純が抱えている傷が癒える日が来るまであきらめない。これからも、ずっとそばにいて一緒に前へ進むんだ。

「じゃあ、私はこれで。明日こそ、無事に帰りましょうね」

彼女は席を立ち、一礼して去っていく。再びひとりきりになった俺は、スマートフォンを見た。ディスプレイには、夏純からの返信が表示されている。

ほんの数秒でも声を聞きたい。しかし、ひと声でも耳にすれば、逆に満足できなくなるのは目に見えている。

どうしようかと悩んでいたが、ふいに現時刻を見て冷静になる。

「あ……時差……」

今、日本は夜中だ。でも返信はあった。真夜中なのにまだ起きているんだ。いや……。俺のせいで寝られないでいたのだろう。

今、遠くにいる夏純を想像して、胸が締めつけられる。

俺は電話をかければ会いたい気持ちが募るのがわかっていて、発信ボタンに指を触れた。

6．すべてを君に捧げる

午前三時過ぎに、蒼生から届いたメッセージをもう一度見る。

昨夜、恵生くんとの電話のあとは少しだけ冷静さを取り戻せた。けれど、眠れるわけはなくて起きていた。ソファに座り、スマートフォンを握りしめ、祈りを絶やさずに、ずっと。

なにも連絡がないのは、後処理に追われているせい。責任ある仕事だから、そっちを放って私用の連絡はできないはず。

そう前向きに考え続け、気づけば数時間が経過していた。

スマートフォンを握り続ける手に疲れを感じ、力を緩める。手のひらはじっとりとした汗を握っていた。

私はまた、大切な人を失うの……？

奥歯をグッと噛んで堪えていると、スマートフォンの通知音が一度だけ鳴った。震える指で画面に一度触れる。

【心配かけてごめん。明日、必ず帰るよ】

ポップアップ画面に出たその簡潔なメッセージを見て、数時間ぶりに指先まで血が通う感覚を味わった。自分の鼓動もわかる。体温が戻ってくるのも感じる。

瞬間、私はスマートフォンの画面を涙で濡らした。

あの時の得も言われぬ感情を思い出し、心が震え、逸《はや》る。

スマートフォンの中の私は、泣きじゃくっているなど微塵も感じさせないような文面でひとこと返した。

【待ってる】

その十数分後に、蒼生から電話がかかってきた。

蒼生の第一声は、『もう心配ないから、ちゃんと寝て』。

二言《ふたこと》三言《みこと》、交わしただけで、通話時間はたった十三秒。けれども、その短い時間のおかげで私は眠りに就けたのだ。そして、朝が来る。

何度も現時刻の確認を繰り返すうち、ついに玄関から音がした。

気が急いて、家の中だというのに小走りになった。玄関を見ると、すでに土間に立っていた蒼生が施錠している姿があって胸を撫で下ろす。

「おかえり、蒼生」

「ただいま」

いつもと変わらない声のトーン、柔らかな瞳。

感極まって、思わず抱きついた。

蒼生は丸一日遅れで無事に帰ってきた。

今日の私のシフトは夜勤。こうして蒼生と会ってから仕事へ行けるのは幸いだった。

たった数日ぶりとは思えないほど、懐かしさを感じる胸の中で静かにつぶやく。

「……本当に。おかえり」

蒼生は私の頭をポンポンと撫でた。

抱きついたはいいが、引き際がわからなくなり、私はぎこちなく身体を離す。

「あ……ごめん。疲れてるの、に」

苦笑交じりに言うと、今度は蒼生の方からきつく抱きしめてくる。

さっきの私とは比べものにならない力強い腕に、身体だけでなく心臓もぎゅっと締めつけられ、うっかり涙が浮かびかけた。

「こっちこそごめん。心配かけた」

「ううん。蒼生のせいじゃないしね？　まあ、ニュース速報にはびっくりしたけど」

懸命に笑って返すと、蒼生は腕を緩めて私の顔を覗き込む。それから、涙袋のあたりをそっと撫でて言った。

「目が赤い」

蒼生のひとことに、どう反応したらいいかわからなくなり下を向く。

私の心配の度合い＝蒼生への想いだと、簡単に伝わってしまうだろう。

蒼生のことだ。からかったりするわけがない。ただ、私はずっと本音を晒すのを怖がっていた。そんな自分が、面と向かった状況で本心を悟られるというのが落ち着かない。

すると、顎に手を添えられた。次の瞬間、瞼にキスが落ちてくる。

柔らかく温かな感触により、じわじわと安堵感に浸る。

「不安にさせた責任を取らなきゃな」

頬を撫でられたかと思えば、ひょいと抱き上げられる。

「えっ、蒼生、なにするの」

宙に浮いた状態では、大した抵抗もできない。

おとなしく運ばれた先は、リビングではなくベッドルームだった。

ベッドの上に下ろされ、理性が働く。

蒼生に会いたかったし、こういう時間も……本音を言えばうれしいんだけど、今は午前中だし、私は夕方から仕事だ。

本音と建前とでぐちゃぐちゃな私に、蒼生はふわっとタオルケットをかけた。

「まだ時間あるだろ？　今日は夜勤のはずだから」

「え……」

思わず目を丸くする。

トラブルなんて……すごく大変に決まっている。なのに、私のシフトまでちゃんと覚えてくれているの？

驚きと尊敬と……いろいろな感情が溢れ出す。

蒼生は私をまっすぐ見つめ、やさしい手つきで頭を撫でる。

「我慢できずに電話したから、余計に夏純に会いたくなって仕方がなかった」

柔和な口調は、あれだけ大きな不安を与えた事実さえ掻き消すほど、心を凪のように落ち着かせてくれる。

「なにがあったの……？」

「ちょっと機体トラブルがね。でも、俺ひとりじゃなくキャプテン……機長と、ほかにもうひとり優秀なパイロットが控えていたし。普段からいろんな想定はしているから、わりとスムーズに対処できた」

恵生くんの言葉を思い出す。

私は納得するとともに、小さく笑った。

「本当だった」

「ん？」

「恵生くんが電話くれたの。蒼生は優秀だから大丈夫って言ってた」

さすが蒼生のお兄さん。しょっちゅう会うわけじゃなくても、ちゃんと蒼生のことをわかって、信じている。

「私ね。この腕時計を見て、蒼生がより身近に感じられたよ。ただ、その分、今回みたいになにかあった時の不安が……」

左手を浮かせ、もらった腕時計を眺めると、昨日の不安が胸を過り苦しくなる。

すると、蒼生は私の手を掴み、軽く引っ張って手首の内側にキスをした。

「俺はここにいる。これからも、ここに必ず帰ってくる」

真剣な眼差しからは、蒼生の本気が伝わってくる。

その想いがうれしい。だけど、完全にこの先の不安が払しょくされたわけではない。

いろんな思いが胸の中を巡り、言葉が出て来ない。

素直に『わかってる』と受け止められなかった私を責めもせず、蒼生はゆっくり私の顔に影を落とす。

唇を軽く重ねられるだけで、こんなに心の中が軽くなるなんて。さながら、息吹を吹き込まれる感覚だ。

蒼生とのキスに酔いしれ、夢中になる。そのうち、軽く啄《ついば》むキスに変わって、気持ちも落ち着いていった。

「夏純」

キスの合間に名前をささやかれ、胸の奥がきゅうと鳴るのを感じる。そのやさしい顔を、またこの瞳に映し出せて本当によかった。

目尻に溜まった涙を隠すべく、蒼生に抱きついた。私の行動の意図に気づいていそうな蒼生は、なにも言わず黙って抱きしめ返してくれる。

こうして、くっついていられる幸せを噛みしめる。その後も、蒼生は頭を撫でる手を止めなかった。

私が「もう大丈夫だよ」と伝えるまで、ずっと。

夜勤明け、マンションに戻ったのは翌朝午前十時過ぎだった。

普段は時差の影響をあまり受けないという蒼生でも、さすがにトラブルもあったし、疲れて休んでいるかも。

私は配慮して、メッセージも送らずに帰宅した。すると、爽やかな顔で玄関まで迎え入れられ、驚く。

「おかえり、夏純」

「た……ただいま」

仕事の疲れを微塵も感じさせない、いつもの蒼生だ。

想像と違う展開に、ぽかんとしていたら蒼生がクスッと笑う。

「どうした？」

「ううん。てっきり、疲れて休んでるかなって」

「ああ。いつもよりはゆっくり寝たよ。九時前くらいに起きたかな。だから一緒にブランチどうかなって用意しておいた」

「えっ。そんな、いいのに」

そう言われてようやく気づく。確かにリビングの方から香ばしい匂いが漂ってきている。

「自分の分のついでだよ」

こういう時の蒼生は、事実か嘘かよくわからない。私に気を使ってくれた気もするものの、本当についでだったのかもしれないし。前者だと自意識過剰かもな、なんて余計なところまで考えてしまって、結局いつもわからないまま終わるのだ。

ただ今回ばかりは大変な出来事に遭遇したあとだから、心底申し訳ない。

その気持ちを視線だけで訴えると、蒼生は私のバッグをさりげなく持って言う。

「俺は明日もオフだし。夏純は明日も夜勤だろう？　それに、こういうふうに夏純と一緒に食べようって準備する時間は好きなんだ。ほら、手を洗って来いよ」

「うん。ありがとう」

蒼生の厚意を受け取り、手洗いとうがいを終えてリビングへ足を向けた。

蒼生はキッチンから出てきて、ダイニングテーブルにプレートを置く。

目玉焼きとベーグルと、中に挟むハムやチーズ、簡単なサラダ。軽めだけど、数時間後には寝るし、このくらいがちょうどいい。

「ベーグル、美味しそう」

「これは空港のショップにあったやつ。最近できたベーカリーショップらしいから試しに買ってみた」

「そうなんだあ。ちょっと焼いてくれたんだね。いい匂～い」

「別の種類のパンもいくつか買って来ておいたよ。さ、食べよう」

ふたりで「いただきます」と声を揃え、さっそくベーグルを頬張る。

普段なかなか買えないお店のベーグルは、とても美味しい。けれど、多分ひとりきりで食べていたら、ここまで美味しいと感じなかったはず。

正面の蒼生を気づかれないようにちらりと窺う。

日常が戻ってきて本当によかった。怪我もなく、無事に……こうして、同じものを食べて同じ時間を過ごせている。この〝日常〟は貴重な時間。

作ってくれた食事と同時に、蒼生と過ごす時間も噛みしめた。

食事と一緒に出してくれていたコーヒーを飲んだあと、なにげなく言う。

「蒼生は次、国内線だよね」

「うん」

きょとんとして答える蒼生から視線を逸らし、ぽつりとつぶやく。

「国内線だからって、危険がないわけじゃないよね」

「え……」

「ごめん。なんでもない。私、シャワー浴びてくる」

蒼生の声を遮って椅子から立ち上がり、そそくさとリビングをあとにした。

ひとりきりになって、自分を責める。

言っても仕方のないことだ。心配も度を過ぎれば相手の負担にしかならない。そういうのは、これまで入院患者さんやその家族とのやりとりで十分理解しているはずじゃない。なのに……いざ自分が当事者となると、余裕もなにもなくなっていく。

脱衣所で立ち尽くし、心の中で問答を繰り返した。それはシャワーを浴びている最中も続き、バスルームを出てからも気分はすっきりとはしていなかった。

なんとなく、蒼生がいるであろうリビングへ向かう足が重い。

ドアの前で数回呼吸を繰り返し、『自然体で』と意識してドアを開ける。さりげなく蒼生の居場所を探すと、キッチンで洗い物をしてくれていた。

「あっ。ごめん！　私ってば、さっきそのまま」

「別に大丈夫だって。ワンプレートだったから、すぐ終わるよ」

「……ありがと」

蒼生の言う通り、まさに洗い物はもう終わりそう。

手伝うこともない私は、おもむろにソファに座った。すると、蒼生が水道を止めてキッチンを出てくる。こちらへ近づいてくるも、隣に座るわけではなくそばに立って私を見下ろすだけ。

不思議に思って首を傾げる。

「蒼生？　座らないの？」

「夏純、昨日はほとんど寝ずに待っていてくれたんだろう？　それで夜勤に行って、かなり疲れたと思う」

真剣な面持ちで言われ、驚いた。

少し間を空けて、「うん」と答える。

仕事はともかく……。だって、あんなニュース速報を見て寝られるわけがない。眠くもならなかった。

視線を落として回想していると、視界に大きな手が映り込む。

「だから、もう横になって寝た方がいい」

顔を上げると、微笑を浮かべた蒼生が手を差し伸べてくれていた。

そっとその手を取ると、グイと勢いよく引っ張られる。

「ひゃっ」

咄嗟に声を漏らし、反射でバランスを取っていたら次の瞬間、抱き上げられる。

またこのパターン！

「ね、蒼生……っ、自分で歩けるよ、私」

「知ってる」

「だったら！」

恥ずかしさも相まって、ちょっと声が大きくなった。

蒼生はベッドルームに一歩足を踏み入れるなり、ぴたりと止まる。

「前に言ったことあるはずだけど？」

「え？　な、なにを？」

毎回抱き上げられる件で、いったいなにを言っていたっていうの？　全然覚えていない……というか、この状況だと頭が回らない。

うろたえていると、蒼生は笑みを浮かべた。

「前までは『理性でどうにか気持ちを抑えてただけ』だって。夏純の特別な存在になれた今、堂々と甘やかしたいんだ。弱っているのに強がって、ひとりで前へ進もうとする夏純を。恋人《俺》の特権だろ？」

「甘やかしたいって……」

そんな……どうなの？　それ。

恋人同士なら普通かもしれないことが、経験がない私にとっては判断しきれない。

蒼生は、こつんと額同士を軽くぶつけた。

「夏純は他人に嘘をつかないのに、自分に対しては嘘ばっかりつくところがあるからな。ちゃんと、つらい時にはつらいって吐き出せる場所を作りたいんだ」

蒼生の宣言に胸が高鳴る。

自分で自分のことはよくわからない部分が多い。だけど、蒼生なら。私の全部を、私よりも知ってくれているのかもしれない。

ひとりじゃない心強さを実感している間に、ベッドの上に置かれる。蒼生はその足で窓際まで移動し、カーテンを引いた。

薄っすら外の明かりが漏れる中を戻ってきて、ベッドの縁に腰を下ろす。茫然と座っていたら、人差し指を額に押しつけられた。

「ほら、横になって」

「わかったから……。蒼生は好きなことして過ごしてね？」

「してるよ。夏純との時間を過ごせてる」

私が面倒をかけていると思ってかけた言葉だったのに、思いも寄らない返しをされて顔が熱くなった。照れくさくて、どんな顔をしたらいいのかわからなくて、咄嗟に身体ごと背を向ける。

「じゃあ、俺の好きなことって言うなら、明日の夜勤明け、元気があったら夕方からデートしたい」

結局、私が関係する内容で、思わず苦笑した。

「もう。本当、蒼生は昔から外での態度と家での態度が違うんだから」

この間の南野さんの前でもそうだった。あんなに冷静な対応をしておいて、家ではそんなふうにときめかせるの反則だよ。こんなんじゃ、ドキドキしすぎて逆に寝られない。

両膝を抱えるようにして蹲っていたら、蒼生が言った。

「家でのっていうか、夏純の前だけだよ」

とどめのひとことに、もう完全に眠れなさそう。

私は顔だけ後ろを振り向いて、蒼生にじとっとした視線を送った。蒼生はというと、恥ずかしがる様子も皆無できょとんとしている。

「なに？」

「だって……。目が覚めるようなことばっかり言うんだもん」

口を尖らせてぼやくと、蒼生は「ははっ」と爽やかに笑い声をあげた。

蒼生の明るい表情を見て、ひとつ息をついて言った。

「わかった。デートしよう。私もしたい」

「約束。ああでも、くれぐれも無理しないように。疲れてたら、またこうやって一緒に寝よう。それも悪くない」

蒼生はそう答えて私の肩に手を置き、横たわらせる。それから、蒼生も隣に転がって添い寝をする。

「さ。寝つくまでこうしているから。ゆっくり寝て」

片肘をついて、こちらを眺めつつ、そっと髪の中に指を差し込んだ。指の腹で撫でられる心地があまりによくて、徐々に力が抜けていく。

手を伸ばせば蒼生に手が届く。すうっと息を吸えば、蒼生の匂いがする。

「——蒼生」

「うん？」

名前を呼べば、何度でも呼びかけた数だけやさしい声が返ってくる。

それからまもなくして、私は気を失ったように深い眠りについた。

翌日。仕事を終え、少し仮眠を取り、マンションを出たのは午後三時頃だった。

蒼生の運転でどこかへ向かっている。行き先はまだ秘密らしい。

「ハードなスケジュールになってごめん。俺も明日オフだったらよかったんだけど」

「平気。それこそ明日私は休みだし、さっき少し寝たし」

「そう。ならよかった」

そこから約三十分。到着したのは成田空港だった。

蒼生は駐車場に車を止め、エンジンを切る。先に車を降りた蒼生に続き、私も慌ててドアを開けた。

「ちょっと、蒼生……ここになにをしに……」

駐車場に入る前には……もっと言えば、二十分くらい走り続けた頃に、なんとなく予感はしていた。看板に【空港】ってあるのを見つけていたから。

その単語を見つけるたびに、少しずつ緊張が増していた。

蒼生はこちらにゆっくり歩み寄り、ひとこと答える。

「デートだよ」

空港デート……？　いや、それ自体はおかしなことではない。ただ、私は空港にはいい思い出がなくてずっと避けてきた。中学三年生の修学旅行の日が、いつまでも記憶に残り続けている。そして、はっきりと口に出したことはないが、勘のいい蒼生なら私がそうしてきたことを知っていると思っていた。

そう感じるのは、修学旅行はもちろん、飛行機や空港の話を長らく蒼生から振ってきたことがなかったためだ。

最近になって、空港の写真を送ってきたり、海外の工場夜景の話をしたりするようになったけど。

……ううん。待って。〝最近〟って、正確には――。大人になって、再度私に想いを伝えてくれた日から……?

今、初めて気づいた。

初めてキスされたあの日以降、蒼生は変わった。

単に蒼生が、自分の気持ちを解放したせいだと思い込んでいた。けれど、本当はそうではなくて、意識的に私の手を引こうとしてくれていたの?

いつまでも悲しみに囚われて耳を塞いで、同じ場所から動こうとしない私の背中を押してくれようと……。

空に飛行機のエンジン音が響いている。

その空の下で、蒼生は真剣な眼差しを向けてくる。

「それと、夏純に乗り越えてもらいたくて連れてきた」

温かな両手で、私の手を包み込んで。

「俺は夏純をひとりにしない」

真摯な顔つきと声に、戸惑うばかり。

「なんで、そんな」

「この間のことがあってから、夏純が怖がっている気がして」

蒼生の見解はいつでも正しい。

今回もやっぱり私の胸の内を見破って、容易く本音を引き出す。蒼生の手の温もりを感じれば感じるほど、自分の手先が冷えていく感覚に陥った。

いつしか痛くなるほど首をもたげていた私は、ぼそりとこぼす。

「怖い。日に日に大切になっていく人が、ある日ふっといなくなるかもしれないって考えたら……怖いよ」

頭では理解している。もう何度も自分に対して『人の摂理とはそういうもの』だと説いたし、仕事でも命に関わる現場に近い場所に身を置いているから。

とはいえ、それが身近な人となればなるほど、冷静ではいられなくなるのが人の常だとも思うのだ。

だからこそ、つい最近まで、本当に大切な人は作らないと決めていた。なのに、結局蒼生の想いを受け取って、同じ気持ちを返してしまった。

きゅっと下唇を噛み、指先に力を込める。

「だけど、もう自分からこの手は離せないの」

保身のために、簡単に手を離せるくらいの気持ちで飛び込んだわけじゃない。

きつく目を瞑っていたら、やさしい声が頭上に落ちてくる。

「よかった。離されなくて」

パッと顔を上げると、蒼生は口元に弧を描いていた。

「ま、そうなったら追いかけて捕まえるけど。こうやって」

蒼生は言うや否や、繋いでいた手を勢いよく引っ張って、正面から私を抱き留める。

たくましい腕の中は、静かで穏やかで、周囲の音も気配も徐々に薄れて別世界にいるみたい。

再び瞼を下ろし、抱きしめられる心地よさに余計な力が抜け落ちていく。

蒼生は私のつむじに鼻先を寄せ、口を開いた。

「夏純がずっと、空港や飛行機を拒絶していたことはわかってる。それでも俺は……いつもコックピットから様々な景色を見下ろしては、『夏純に見せたい。一緒に見たい』と思い続けていたんだ」

ほんの少し、言いづらそうな……申し訳なさそうな雰囲気に感じ取れた。

蒼生はなにも悪くないのに。私のせいで。

私がさらに一歩前に進まなきゃ――。

こちらが言葉を発する直前、両目を覗き込まれて一瞬止まった。

目の前の蒼生はわずかに眉根を寄せ、懇願するかのような表情を浮かべる。そんな切ない表情を見せられれば、なにも言えずに見入ってしまう。

「心配はかけると思う。けど、悲しませることはしないから。ひとりで思い詰めないでほしい」

なにかが起きた時、その理由が不可抗力の場合だってもちろんある。だから、今の宣言は百パーセント守れるはずのない約束。

それがわかっていても不思議と信じられるのは、蒼生が言うことだから。

小さい頃から約束を破ったこともなく、有言実行してきた努力家で、目標を達成するためには緻密な計算をしてやりぬく根気強さがあることもよく知っている。

そして、いつでも私に対し、底抜けにやさしいということも。

「私こそ、弱音を吐いてごめん。逃げ続けていて……本当にごめんね」

蒼生は首を横に振った。

「逃げるのが悪いとは思わない。ただ、いつか傷が癒えた時に、一緒に前を向いていきたいと思ってた……って、結局今日は強引に連れ出してきたんだけど」

ばつが悪そうに言う蒼生を、今度は私が手を引く。

「久々の空港……一緒に付き合ってくれる？」

私の問いかけに、蒼生の表情は見る見るうちに明るいものに変わる。

「ああ。もちろん」

駐車場から第一《だいいち》ターミナル中央《ちゅうおう》ビルを目指す。数分歩いてやっと空港内に入ると、意志に反して心臓がドクドクと派手な鼓動を鳴らし始めた。

大丈夫。落ち着け。あの日の出来事は、なくなりはしないけれど、現在《いま》の私はなすすべもなく立ち尽くしていた私ではない。

自分にそう言い聞かせ、ゆっくりと視野を広げていく。

「あ」

思わず声が漏れたのは、ここに立った時のことを瞬時に思い出したから。

「ここから沖縄に行った」

「中学の時か。成田から飛んだんだな」

「えっ。蒼生が覚えてるの？　なんで！」

相変わらずすごい記憶力だな、と驚嘆していたら、ぽつりと返される。

「あー、いや。沖縄はたまたま印象深かっただけ」

「ふうん？」

広いロビーを見渡し、最後は高い天井を見上げる。感傷的な思いと懐かしさを胸に巡らせていると、蒼生が言った。

「いつかまた、夏純にとって飛行機が怖いものじゃなく、好きなものになればいいなと思ってる。家族旅行の話、何度もしてくれてた頃みたいに」

そう。今、懐古の情に浸って、飛行機で出かけるわくわくした感情もよみがえりつつあった。

心の奥できつく固く縛られていた紐がゆっくり解けて自然と溢れてくるのは、家族みんなで空を飛ぶ楽しさだ。

「すっかり忘れてた。私、飛行機大好きだった」

自分のことなのに信じられない。

揶揄されてもおかしくないのに、蒼生は面映ゆそうに目を細めるだけだった。

「今度、家族旅行、行こうか？」

「えっ」

「だって、もうすぐ家族になるだろう？　俺たち」

照れもせず言われると、どぎまぎする。

元々家族みたいな関係だった。物心ついた頃から一緒にいたし、大人になってもそれは変わっていない。

それでも、現実に『家族』になるのだと言葉にされたら、なんともいえない浮き立った感情が胸の中をぐるぐるする。

「あ。そういや、うちの母親が改めて二家族で食事会をしたいって言ってたな。都合がつくなら、それこそ近日一泊温泉旅行でもって」

予想もしない話に目を瞬かせる。

うちと蒼生の家族で一泊旅行？　それって、みんなのスケジュールを合わせるのに骨が折れそうだ。でも……すごく楽しそう。

「わあ。もしそれが叶ったら、全員集まるのは何年ぶりだろう？　できたらいいな」

「となると、兄貴が行く前がいいよな」

恵生くんからは具体的な日程を聞いていないけれど、海外へ行くのは決定事項だった。なおさら早めに準備を進めた方がよさそう。

「そうだね。恵生くんの壮行会も兼ねて」

笑いかけながら答えると、蒼生は一瞬安堵の表情を見せる。

そんな顔をする理由がすぐにはわからず、内心首を捻った。が、すぐに、蒼生は不安に侵されていた私をずっと気にかけてくれていたのだと気がついた。

恵生くんが危険と隣合わせの仕事を選んだこと。そして、蒼生の仕事もまた、同様に危険があるという認識を改めて持ってしまった、私への思いを。

自分のことしか考えていなかったことを反省し、今この瞬間から、蒼生へ同じ分の気持ちを返したい衝動が湧き上がる。

蒼生の腕にぴとっとくっつき、ひと呼吸おいて伝える。

「せっかくだし、展望デッキにも行きたい……な」

駐車場の場面に続き、さらに私から誘うと、蒼生は目を大きく見開いた。それから、とてもうれしそうにはにかんだ。

「いいね。行こう」

手を繋いで展望デッキに向かうエスカレーターの途中、蒼生が「そうだ」となにかを思い出した。

私は蒼生を見て、言葉の続きを待つ。

「このあと、約束してた指輪を選びにいこうか。とりあえず下見から」

五階に到着すると同時に急に提案され、目を瞬かせた。でもすぐに笑顔になって、迷わず返す。

「うん。行こ」

それから、フードコートを通過し、展望デッキに繋がるドアを押し開ける。外に出た途端、突風に当てられた。

乱れる髪を片手で押さえ、風が止んだあとに蒼生を見上げる。彼はこの夏空に浮かぶ太陽のごとく、眩しい笑顔で私を見つめていた。

瞬間、大きな音がして、反射的に後ろを振り返る。

フェンスの向こう側には、何キロメートルもある滑走路を飛行機がスピードを上げて駆け抜けていく。

私たちは、今まさに飛び立とうとしている機体を黙って目で追いかけた。

「やっぱり今でもドキドキする。離陸の瞬間が一番……。蒼生はもう慣れてそんなことないんだろうけど」

遠ざかっていく機体を見つめながら、ぽつりと言った。

「夏純——……」

蒼生が私の名前を口にした刹那、また次の飛行機が離陸態勢に入る。滑走していくのと同時に空一帯に響く音に、続きの言葉が掻き消された。

「え？」

口の動きだけでは全然わからなかった。私は手を耳に添え、聞き返す。すると、蒼生は私の手になにかを握らせる。

それを確認する間も与えられず、腰を引かれ、耳元で言われた。

「一生そばにいて。俺のすべてを夏純に捧げるから」

予想外の言葉に、頭の中が真っ白。蒼生を凝視する。

甘いセリフは何度も言われたし、プロポーズだってされた。けれども、ここまで献身的な求愛をされたら……ここがどこだって、感極まっちゃう。

心音のリズムが速い。滅多に感じないほどの大きさだというのもわかる。今、この場所でひっきりなしに響くエンジン音にも負けないくらいの心臓の音。

手の中のものを確認するのも忘れ、きつく握りしめたまま、上半身を九十度前に曲げた。

「こちらこそ、お願いします」

粛々と返事をすると、蒼生は大きな息を吐いた。

「っは……さすがにやっぱり緊張した」

「そんな必要ないじゃない。相手は私だよ？　逆ならわかるけど」

「いや。こんなふうに反応を想像して緊張する相手って、俺にとって夏純だけ」

薄っすら頬を染めながら言われ、こっちまで伝染して顔が赤くなりそう。

「えっと、あ！　さっきくれたものってなに？」

手を広げてみると、銀色のピン。

「これって、タイピン？」

クリップ仕様の感じから見て、ネクタイピンだと思う。だけど、ちょっと変わった形をしている。三日月みたいな形に、ランダムに縦長の穴が開いていて……。

いろんな角度から眺めていると、蒼生が答える。

「そう。数年前に、お世話になったキャプテンが引退する時もらったものなんだ」

退職の際には、部下にネクタイピンを渡すのが慣例なのかな。

「これは昔飛んでいた、ジャンボジェット機のタービンっていうエンジン部品。一万時間以上のフライトを支えたこの部品を使った加工品だから、『絶対に落ちないお守り』とも言われてるんだって」

「そうなんだ。確かに効き目がありそう！」

願掛けというか、そういうものを大切に持つ人もいるんだ。引退されたとはいえ、長い時間身に着け続けていたものだろうに、蒼生に譲ってくれるなんて。とってもいい指導者だったに違いない。

しげしげと貴重なネクタイピンを観察していると、思わぬ言葉をかけられる。

「これは夏純が持ってて」

「えっ？　いや。これは蒼生が持っていた方がいいでしょう？」

咄嗟に声をあげた。

だって、さっきの説明を聞いたら、誰だって強くそう思う。

両手で丁重に差し出すも蒼生は受け取らず、ポケットからさらになにかを出そうとしている。

「俺はこっち」

麻紐を摘まんで見せてきたのは、もうだいぶ古くなっていそうなガラス玉のストラップだった。

蒼生はなにを言っているんだろうと、眉間に皺を寄せる。しかし、ガラス玉を見ていたら、徐々に記憶がよみがえってきた。

「これってもしかして……ほたる玉？　沖縄の」

私がまだ学生の頃に蒼生へ渡したお土産だ。

まさか。もう十年以上前にあげた、当時数百円のお土産を未だに持っていてくれること自体に驚きを隠せない。

「こ、こんなものより、こっちの方がずっとご利益あるっていうか」

「夏純は知らないだろうけど、俺は今の会社に就職が決まってから、これを肌身離さず持っているんだ」

これだけ一緒にいたのにそんな話、初めて聞いた。

次々と驚かされて、一瞬言葉を失う。

「いやいや……そんな。子どもの買うお土産だよ？」

もちろん、幼かったなりにちゃんと蒼生のことを考えて選び抜いたお土産だった。

大事にしてくれてうれしい気持ちは当然ある。ただ、このネクタイピンと同じ価値がある代物ではない。

困惑していると、蒼生は手のひらのストラップを愛おしそうに見つめて話し出す。

「でも、これをくれた日だ。夏純がこれを俺にくれた日——俺はパイロットになるって決めた」

「えっ？」

そうだったの？　その日って……どういう流れだった？　そもそも偶然その日に私がそのお土産を渡しただけで、蒼生の進路は別件だったんじゃ……。

思考が追いつかずに動揺する私を、蒼生は黙って見つめるだけ。けど、蒼生の柔和で澄んだ瞳に、妙にそわそわして心臓が脈打つ。

「俺がパイロットに向いてるって言った」

そのお土産を渡した日、そんな話をしたんだっけ？　確かに蒼生はパイロットの特性に当てはまっているとは感じていた。

私は自分がそう思い始めたのが、いつからだったかはっきり覚えていないのに……。それを、蒼生はずっと覚えていたんだ。

「もちろん、私は今もそう思ってるよ」

当時から真剣にそう思っているのは間違いない。

「つまり、昔からの夏純のお墨付きだろ？　しかも、間接的に夏純がいつも俺を守ってくれている」

自信満々に言って見せるものが、あのほたる玉のストラップなものだから、なんとも言い難い気持ちになる。

だけど、持ち主である蒼生がそこまで言ってくれているなら。

そう思った時に、凛とした声で宣言された。

「そして、俺も夏純を守りたいといつも強く思ってる。だからこれは、この間みたいなトラブルが耳に入って、夏純の気持ちが落ちそうになっても〝絶対に落ちない〟お守りとして持っていて」

蒼生はネクタイピンを再びそっと握らせ、微笑む。

大切なものを預かった私は、ネクタイピンを掴んだ手を胸に当てた。

「時々、思ってたの。蒼生って、どうしてパイロットを目指したのかなあって」

それを尋ねなかったのは、結局自分の傷を優先していたからだ。

つらい思い出に繋がると決め込んで、歩み寄るどころか遠ざけていた。

「そりゃ……どっかの誰かが飛行機大好きで、パイロットの制服も絶対似合うから見せろって言われて」

私は目をぱちくりとさせて固まる。それから、無言で自分を指さした。

静かに一度頷かれ、恥ずかしさのあまり蒼生を直視できなくなる。

そんな理由で……っ。いや。その前に、私ったらなんて軽率な発言を……！

過去の自分に絶句していると、蒼生が爽やかな声音で続ける。

「俺、この仕事に就けて本当によかったと思ってる。たくさんの人の思いを運ぶフライトの時間は特別なものだって、最近いっそう感じてるから」

蒼生の言葉に合わせたように、また一機の飛行機が空へ飛び立っていく。

「その場の勢いで言った私の発言のせいで……って責任感じかけてたのに。ふふ。カッコイイなあ、やっぱり」

そうだったんだ。私のなにげない勧めで蒼生はパイロットに……。だけど、今では自分でやりがいをきちんと感じているんだね。私も見習いたい」

「制服姿がどうとか関係なく、志が素敵だよ。芯のある志」

「夏純にも、ちゃんとあるだろ。」

即答され、目を瞬かせる。

「〝人を救いたい〟――十分立派な動機だよ」

長い時間をともに過ごしてきたからこそ、理解が深い。

その安心感はほかにはない。蒼生だけ。

胸が熱く、いっぱいになって瞳を潤ませていたら、蒼生に問われる。

「ところで、新婚旅行はどこへ行きたい？」

「ええ？」

「そういう時くらい、お互い長期の休暇取らなきゃ。だろ？」

旅行自体、大人になってからあまりして来なかった。行ったとしても、電車やバスで行けるような場所。

そのせいか、新婚旅行というものがあることすら頭になかった。

「俺は遠いところじゃなくても構わない。車でも電車でもバスでも、なんなら徒歩での旅行だって歓迎だ。何泊もしなくたって、残りの休暇は自宅でのんびりするってのもいい」

頭の後ろで手を組んで、次々と言葉を紡ぐ蒼生を見て、くすっと笑い声をこぼす。

「徒歩の新婚旅行なんて聞いたことないよ」

「他人と同じじゃなくてもいいってこと。俺たちふたりで決めていけばいい」

「うん。でも――」

今まさに力強いエンジンで大きな機体を浮かせ、瞬く間に高く飛んでいく飛行機を目で追う。

なにも遮るもののない広い空へ舞い上がっていく姿は、鳥のように自由に見えた。

「新婚旅行は……どこか景色のいい場所まで行こう。飛行機に乗って」

蒼生を振り返り、そう伝える。

無理してなんかない。自然と心から思えたことだった。

蒼生は驚いた表情を浮かべたけど、それも一瞬のことで、手を繋ぐとやさしく微笑みかけてきた。

「そうだな……。なら、ボリビアの湖も有名だし、カナディアンロッキーも素晴らしいと聞いた。ハワイ島は手が届きそうなほどの星空が見れるっていうし、スイスのマッターホルンのハイキングも気持ちがいいらしい」

途端に蒼生が多様な情報を口にするものだから、私は目を瞬かせた。

「ニュージーランドも、カヤックとかクルーズのアクティビティがあって、夜は南十字星が綺麗だって」

「待って待って。いっぺんに言われても全然頭の中、整理できないよ」

蒼生の腕に手を添え、一度話を中断させる。

飛行機に乗って行こうって、ちょっと話しただけでこんなに候補案を出してくるなんて、驚きだ。でも、仕事で世界中を行き来している蒼生の言葉だから、全部魅力的に思えてしまう。

「蒼生的にはどこがオススメなの？　ここがよかった、とか」

魅力的だからといって、当然全部は無理だから、その中でも蒼生のオススメを有力候補にしたいな。

すると、蒼生はさらりと答える。

「いや、俺行ったことないし」

聞き間違いかと思って、蒼生を凝視する。

行ったことがない？　え？　じゃあ、さっき流暢に挙げてくれていた場所とかは、いったい……。

「え？　な、なんで？」

「なんでって言われても」

平然として返す蒼生を見て、はっと思い出す。

以前、南野さんが言っていた。蒼生は基本的に職場の人たちと群れないって。それって、まさかステイ先では観光せずに、ホテルでひとり過ごしていたってこと？

唖然としていたら、蒼生がしれっと言う。

「どの場所も、いつか夏純と行けたらいいなって。その時にとっておくのもいいと思っただけだけど」

どの場所もって……。

「今言ったところだけでも、全部回るなら何年もかかりそうだね」

思わず、くすっとしてしまった。

蒼生は「そうだな」とつぶやき、笑い合った。

＊　＊　＊

十月某日。

大安の今日、人前式というスタイルで結婚式を挙げた。

式場は都内のホテルでガーデンウエディング。

最短で空いている日程をピックアップして選んだ会場の中で、庭園が素晴らしいと人気のあるホテルにキャンセルが出たと連絡を受け、即決したのだ。

ちょうど過ごしやすい時季だったし、天気にも恵まれて、ちらほらと色づき始めた紅葉が綺麗で最高のひとときを過ごせた。

窮屈さのない青空の下で大切な人たちに囲まれた立食スタイルは、私たちの家族と親しい友人には好評だった。

そうして、私たちの結婚式は無事に幕を下ろした。

――その夜。

「ふわ～。さっぱりした」

広々としたバスルームでゆっくりお風呂に入り、バスローブを着た。ふわふわした心地のまま蒼生の元へ戻る。

蒼生はすらりとした足を組み、ひとり掛けソファに腰を下ろしていた。

「部屋に入った時、ちらっと見たけど、うちのバスタブより断然広かったもんな」

ここは結婚式を挙げたホテルのスイートルーム。

悠々とした室内には、キッチンや冷蔵庫があり、どこかのモデルルームみたい。カウンターテーブルのほかに、ダイニングテーブルとローテーブルまであり、自宅同様にリラックスできそうな空間だった。

ベッドルームはまた別にあり、そちらもまた部屋の広さはもちろん、キングサイズのベッドまで。

今しがた使用したバスルームも当然素晴らしく、もしかすると私が住んでいた寮の八畳部屋に匹敵する広さがあったかもしれない。

こんな贅沢を味わえるのは二度となさそう。

天井までの大きなパノラマウインドウに向かって歩きながら答える。

「だけど、蒼生のマンションのバスタブも十分広いよ」

「俺のマンションじゃなく、俺たちの、だろ？」

軽いため息とともに指摘され、苦笑する。

「そ、そうだった。まだ完全には慣れないな」

蒼生のマンションに引っ越して三か月が過ぎた。

あの部屋が自分の家なのだとまだ完全に慣れ切っていないところに、今日をもって〝佐伯夏純〟になり、また新たに慣れていかなければならないことが増えた。

佐伯——。

名字が変わるだけで、こんなに気持ちが浮き立つものなの？ からかわれたら恥ずかしいから、顔に出さないようにしなきゃ。

窓の外を眺める。

眼下には無数に明かりが散らばっている。光の海の上に浮かんでいる感覚に酔いしれ、窓に手を添えて夢中になった。

飽きもせず外ばかり見ていたら、ソファのスプリングの音がわずかに聞こえた。反射的に顔を後ろに回すと、立ち上がった蒼生と目が合う。瞬間、蒼生のスイッチが入った気がしてドキリとした。

ゆっくりこちらに歩み寄ってくる。距離が近づくにつれ、心臓の音が大きくなっていくのがわかる。

都会の夜景が広がる窓に背を向け、蒼生と正面から向き合った。次の瞬間、彼の両腕に閉じ込められる。

目の前のこげ茶色の瞳には、煌びやかな光ではなく、私だけが映っている。刹那、照れくささが押し寄せてきて咄嗟に顔を片手で隠してしまった。

「ちょっ、あの、そんなに間近で見ないで」

むしろ、何年も幼なじみとしてそばにいたからこそ、こんなふうに甘い空気はどうにも慣れなくて、恥ずかしい。

動揺して動けずにいると、ふいに左手を取られる。

それだけで心臓は大きく跳ね上がり、頬が上気するのが自分でわかる。

「どうして」

「俺、昨日まで、朝起きると時々夢なんじゃないかと思うことがあった」

「夢？」

蒼生の話に、きょとんとしてつぶやく。

蒼生は私の手に視線を落とし、唇に緩やかな弧を描いて続けた。

「自宅で迎える朝は、夏純の存在を感じられるからそんなことはないんだ。ステイ先の朝は、たまにそう思ってた。夏純と恋人だって、実は夢だったんじゃないかって」

正直驚いた。これまでそういう雰囲気を出していなかったから。

ぽかんとして蒼生を見つめていると、急に薬指の指輪に口づけられた。

今日のお式で交換した結婚指輪と、以前もらったルビーの指輪を重ねづけしている。

蒼生は指輪を確かめるように撫で、ぽつりと言った。

「だけど、今日指輪を交わして正式に夫婦になれたから」

確かに、逆の立場になれば私も同じ気持ちを抱えたかもしれない。

時差のある遠く離れた場所にひとりでいたら、ふとした瞬間、なにが現実なのかわからなくなって不安になりそう。

感情移入をし、蒼生の左手をそっと掴む。そして、私も蒼生の指輪を触って確かめながら問いかけた。

「もう、大丈夫？」

すると、蒼生がおもむろに顔を上げ、熱を孕んだ双眼を向けてくる。

気づけば手を軽く拘束され、蒼生の鼻梁が掠めたと感じた時にはもう唇を重ねられていた。

「……ん」

数秒後、離れていく蒼生を上目で見つめる。

「ああ、そうだな。こうしてお互いの手を重ねて、触れて……夏純」

低く甘く名前を呼ばれるや否や、グイッと腰を引き寄せられた。さっきよりも身体が密着している状態になり、いまさらながら動揺する。

「これは夢なんかじゃない。夏純は俺の恋人で、妻になった。俺の――」

「あお……いっ……、んう」

言葉を発する隙も、呼吸さえまともにする暇を与えないほど続くキスに、吐息が漏れ出る。

私の後頭部をしっかりと支えながら唇を奪う、その口づけ方が好き。

ずっと感じていた。蒼生のキスは、普段本音をあまり口にしない彼の感情が表れたキスだと。

初めは私を窺うように、寄り添うように触れ合う程度のキスをして。それからは息継ぎまでの重ね合う時間が長くなり、隅々まで柔らかな唇でなぞって、ゆっくりと中へ来る。

深く熱いキスに変化するのはいつものこと。だけど、今日はなんだか……。

「ふっ……う、ン」

どうしよう。いつもならもうキスが止んで、抱きしめられているくらいなのに。

両頬を包み込まれ、気づけば首を九十度近く上げる体勢でキスの雨を注がれる。

経験したことのないほど激しい口づけに、心臓があちこちにいっているんじゃないかと思うほど全身でドキドキしている。

やっと口が離れ、息が吸えると思った瞬間。

「っは……悪い」

「え、きゃあっ」

濡れた吐息とともにささやかれ、ひょいと抱き上げられる。

蒼生はそのまま隣室の大きなベッドまで運び、私を跨ぐようにしながらワイシャツのボタンを急くように外していく。ワイシャツを脱ぎ捨てると、ギシッと音を立てて私を組み敷いた。

雄々しいオーラの蒼生に、あろうことか目を離せず胸が高鳴った。

蒼生は真上からこちらを見下ろし、熱を孕んだ瞳で言う。

「ダメだ……我慢がきかない。小学生の時も、中学生の時も、高校で玉砕してからも、ずっと我慢できてたのに。一度、自分のものになってしまったら……こんなにも」

私を見つめながら唇を小さく噛んで、目を細めた。それから、しなやかな指先が私の肌の上を滑っていく。

初めは頬。次は耳朶、首筋、鎖骨――。

「やっ、あぁ……」

はだけかけているバスローブの隙間に、するりと大きくて温かな手が潜り込む。敏感なところに指を掠められるだけで、身体が小さく跳ねて高い声が漏れた。

自分の声じゃないみたい。

思わず腕で口を塞ぎ、眉根を寄せて蒼生の動向を目で追う。すると、視線がぶつかった。

「可愛い」

「う……うそだ」

交差させた両腕で顔を覆い、横を向く。

蒼生はその腕や手のひらに、次々とキスを注ぎながら甘くささやく。

「可愛い。愛しい。もっと、全部俺のものにしたい」

「なに、あっ」

くすぐったさに負けて声を漏らす。そのうち、蒼生の愛撫に力が抜け落ち、隠していた顔も露わにされた。

「あの頃には戻れないって、今、痛感してる。自分が貪欲になってるのがわかるんだ。夏純の心を手に入れたから、それでもう満足……なんてことにはならない」

そう言いながら、ちゅっちゅっと全身に唇を落とし続ける。

途端に私は身体の芯から熱くなっていく。恥ずかしいのに触れてほしくて、もっと深く繋がりたいと願ってしまう。

ふいに蒼生が自分の口を拭って、私をジッと見た。

「今日、すごく綺麗だった。柔らかな太陽の光の下で、笑顔を絶やさない夏純しか見えてなかった」

ずるい。いきなりそんなセリフ言うなんて！

「あッ、蒼生だ……って！」

言い返そうとした矢先、両手首を拘束されてシーツに押しつけられた。

「夏純を振り向かせたいって夢は叶った。でもこれで終わりじゃない」

鼻先同士が触れる。でも、その近距離を感じさせる感覚よりも、蒼生の熱を帯びた双眼に意識を奪われた。

「もっと——俺に夢中になってもらう」

「そ、んなの……あぁっ」

そんなふうに思わなくったって、とっくに蒼生しか見えていない。

かろうじて理性が残る頭の隅でそう考えつつも、もう一方では今伝えてくれた想いがうれしい。

「余裕なくてごめん。けど、今夜はこれで終わらせないから」

終わらせないって……。

「ンンッ、あお……いっ……ふ、あっ」

「まずは、思うままに……抱かせて」

ひとつになると、よりいっそう心が満たされる。

誰かにのめり込むことを頑なに避けてきた。こうやってぴったりと身体を添わせて抱き合うなど、私の人生ではありえないとさえ思っていた。

不安はきれいさっぱりなくなるわけじゃない。けれど、いつ訪れるかわからない不安に怯えてひとりでいるより、不安を理解して寄り添って、抱きしめてくれる時間を選ぼうと決めた。

いつか、離れる日が来ても……その時、今感じた幸せな想いをたくさん抱えて前を向ける気がした。時間はかかるかもしれない。でも、ひとりきりで人生を送るより強くなれるはず。

きっと、それは蒼生も同じ。

「ん……はあ……あっ、ん」

蒼生の引き締まった背中に手を回し、心音が重なった気がした。

私の肩に顔を埋めたまま静止する蒼生が、ぽつりとつぶやく。

「夏純」

頬をくすぐる毛先が、耳に近いところで名前を呼ぶ声が、私を幸福感に浸らせる。

「俺、すごく幸せだ」

私の髪に長い指を差し込み、顔を覗き込んで言う蒼生の表情は柔和なもので、それだけで幸せなのが伝わってくる。

私も蒼生の襟足を指で遊ばせながら、真似をして返す。

「うん。幸せだ」

直に触れる肌の感触や、蒼生の身体の重み、呼吸のリズムさえも届くほど近くに大切な人がいる。

羞恥心ももちろんあるけれど、一番はやっぱり――。

「好き」

躊躇うことなく、するっと口から出てきた。

蒼生はめずらしく目をまんまるにして、時間差で薄っすら赤くなった顔を隠す。

「ふいうちかよ……ああ、もう」

蒼生のつむじを見ながら笑いをこぼしていると、急に顔を上げるものだから今度はこっちが驚いた。

真剣な面持ちでこちらを見て、口を開く。

「俺も好きだ。めちゃくちゃ好き」

どちらからともなく指を絡め、手のひらを合わせ握る。

唇を寄せ合い、静かに瞼を押し上げていくと、視界に映る蒼生が柔らかく目を細めていた。

「愛してるよ、夏純」

ありきたりでも、かけがえのない人との時間はなにものにも代えがたい。

今、胸にじわりと広がる感覚を大切にしまっておく。

そうすれば、明日の空も輝いて見えるはずだから。

7．その後～広い空の下で

二月。ここニュージーランドは夏で、もっとも日の入りが遅い季節。

そのため、ようやく空が暗くなってきたのは、午後九時過ぎ。そして、現時刻は午前二時を回るところ。

こんな時間に外出している理由は、星空を鑑賞するため。

私は腕を交差させ、身体を震わせた。

昼間は半袖で過ごせていても、さすがにこの時間になると冷えてくる。

入籍してもうすぐ五か月。お互い仕事の繁忙期を避けた結果、新婚旅行は二月となった。

蒼生がたくさん候補を挙げてくれた中から、時季などを考慮して行き先をここニュージーランドに決めてやってきたのだ。

「夏純、こっち」

振り向くと、地面に敷いたマットの上に座っている蒼生が手招きしていた。

「あれ？　マット一枚だけ？」

マットに膝をつき、辺りを見回す。

「どうせ寒くなって、くっつきたくなると思って」

「そ、そんなこと！」

恥ずかしくなって、咄嗟に反論しようとした時、蒼生に腕を引っ張られる。バランスを崩した私を、蒼生は後ろから抱きしめた。

「寒くなくても俺がこうしてたと思うけど」

蒼生の足の間にちょこんと膝を抱えて座る。背中には蒼生が密着していて、確かにあったかい。

蒼生はジャンパーの前を開けていて、それを利用して私をさらに包み込む。

「ひゃあっ」

突如、腹部に回されていた手によって、後ろへ引き倒された。動揺するのも束の間、視線の先には星の海。

「うわあ……すごい」

距離感もわからなくなって、まるで宙に浮かんでいるみたい。

ふたりで仰向けに寝転がり、星空を見つめて数分後、ぽつっと切り出した。

「あのね。今回数年ぶりに飛行機を利用した時に、ずっと胸の奥でふんわりしていたものが鮮明になった気がしたの」

「うん？」

「私、目指したいものができた」

「夏純が目指したいもの？　なに？」

心音が少し速いリズムを刻む。いくつになっても、自分の考えや思いを誰かに伝えるというのは緊張する。

「エアポートナース……目指してみたい」

エアポートナースとは、その言葉通り、空港で働く看護師のことだ。

大きく分けて、クリニックと検疫官とに分かれるが、私は前者の空港内のクリニックで働きたいと思っている。

「蒼生が空港に連れて行ってくれた日、昔のわくわくした感覚を思い出した。私、本当は飛行機が好きだったんだよなあって何年ぶりかに噛みしめて」

ずっと押し込めてきた感情と久々に向き合ったら、前にもまして楽しかった気持ちが驚くほどふつふつと湧き上がってきたのだ。

広大な夜空を仰ぎ見ながら、思わず嬉々として話し続ける。

「飛行機に乗った時の離陸のドキドキ感とかね。だけど、さすがにパイロットはおろか、南野さんみたいなCAにもなれないから。それに、やっぱり今の仕事も好きだし大切なんだよね」

「確かに夏純は今の仕事、似合ってると思うよ。ま、CA姿も見てみたいけど」

「もう。からかうのはやめてよ」

頬を膨らませて抗議すると、蒼生はくすくすと笑った。

「冗談は置いておいて。今回また空港に行った時、ロビーを歩いていてクリニックが目に入ったの。自分の好きなもの同士が繋がってるエアポートナースって仕事、興味が湧いた」

単純思考だ。とはいえ、ふたを開ければなかなか厳しい現実が待っている。

空港のクリニックは、総合病院みたいにスタッフの数は多くないし、かかりに来る患者さんの症状も十人十色。それを素早く的確に判断し、処置、そして状態によっては近隣の総合病院へ繋がなければならない。さらには言葉も通じない相手の場合があるのだから、生半可な覚悟ではやっていけないだろう。

「それと蒼生は怒るかもしれないけれど……正直、恵生くんにも感化されたところがある。恵生くんに程遠いのはわかってる。でも、私は私なりに少しは成長したと思うし、新たな経験はいつか誰かを救う力になるかもしれないから」

——『夏純ちゃんも、きっと同じ思いでこの道を志したんだろう？　ひとりでも多くの人を助けたいって』

あの時、恵生くんが言っていた。

言われた直後は、恵生くんの報告が衝撃的で、今ほど深く考えて向き合う余裕はなかった。時間が経つにつれ、いろいろと思うことが増えてきたのだ。

「怒りはしないよ。兄貴に少し妬くくらいさ」

蒼生は冗談交じりにそう言って笑う。

蒼生のこういう自然な気遣いがとても助かるし、居心地をよくさせてくれているのだと感じていた。

「運よく成田国際空港内のクリニックは今勤めている病院の系列だから、日々の仕事をこなしながらもっと勉強して、それから異動希望を出してみようかなって」

千葉悠生総合病院に就職が決まる前から、空港にも関連病院があるのは知っていた。その頃は、むしろ無関心を決め込んでいた。

「あ。でも、いろんな国の人が来るだろうから、語学も勉強していかなきゃだし、なによりスタッフの人数が限られるから、トリアージ……えっと……」

専門用語をうまく言い換えて説明できず、口ごもる。

「トリアージは、選別……分類……。ああ、もしかして、緊急時とかの患者の治療順位を決める的な感じ？」

すると、蒼生が先回りして答えた。

「そう！　それ！」

身体をぐるっと回し、下敷きになっていた蒼生を振り返って声をあげ、続けた。

「結構シビアな判断を下さなきゃならないみたい。それもまた、今の職場ではなかなか経験積めないところでもあるし、冷静にスピーディーに判断できるようになれば、結果的にひとりでも多くの人を救えるかもしれないかなって」

改めて言葉を並べると、想像以上に高い壁が立ちはだかっていると思い知らされる。

ほんの一瞬、弱気になりかけたものの、『だけど、目標でやりたいことだ』と自分を鼓舞する。それと同時に、蒼生が口を開いた。

「今の職場が空港にも部署があって、家も成田に近くて、夫も空港に縁のあるパイロット——それだけ条件が揃ってるなら、運命だったんじゃない？」

上半身を少し起こし、キラキラした瞳をまっすぐに向けてくる。

いつも私よりも私のことを考えて、その分、私が傷ついた時には蒼生までそれを背負い、根気強く耐え続けてくれてきた。

私にとって、ひとりきりでもできることはあるけれど、ひとりきりじゃ気づけなかったものが確かにある。

蒼生は柔和に微笑んで、右手を私の頬に添えた。

「元々、空港も飛行機も好きだったのは夏純の方だろう？」

今この場が夜だからとか、観光客があまりいないからとか、そういうことを気にすることも忘れ、蒼生に抱きついた。改めて幸せを噛みしめる。

姉弟みたいな、親戚みたいな、家が隣の幼なじみ。

同級生で、親友で……一途に想い続けてくれていた、貴重で大事な存在。

そして、今はもう夫婦で、家族だ。

「ね、蒼生。私、頑張って、現場で信頼してもらえる看護師になるから」

蒼生は私の頭をやさしく撫でて言う。

「ん、応援してる」

私は両手をついて上半身を支え、蒼生の瞳を覗き込んだ。

「あとは、頼れる家族に……母親にもなりたい」

言い終えるや否や、蒼生が大きく目を見開いて凝視する。

ここ最近、自然とそういう将来を想像していた。

私にも仕事の面で新たな目標ができ、蒼生も相変わらず忙しくなかなか会えない業務形態だ。これまでと同様、ふたりとも日々慌ただしく過ごすのだと思う。この先もそういった変わらない生活スタイルで、ふたりで過ごしていけなくはない。

ただ、そう考えた際に、『ふたりじゃなくなったらどうなるんだろう』と選択肢もあることに気がついたのだ。

「き、気が早すぎるかな？　だけど、そのうちって意味だから」

蒼生も相当驚いていたし、想定外だったに違いない。

なにせ、つい数か月前まで私は断固恋愛拒否だったくらいだし、衝撃を受けるのも仕方がない。でも、蒼生を好きだと認めてこうして家族になれた今、ごく自然に私たちの子どもについても考えられるように変化していた。

いつか、という願望や希望を持てる今の自分の方が、以前までの自分よりも好きだ。

逸らさずに蒼生の目を見ていると、背中に手を回され、再び抱きしめられた。

「いや。全然、気が早いとか思わないよ。正直なとこ、俺の方がそういうことずっと考えてたかもしれない」

「えっ」

ずっと考えてたって言ってたけど、そんな様子一度も感じられなかった。

蒼生はばつが悪そうに、ちょっと遠慮がちに続ける。

「そりゃ……好きな人との子どもに会ってみたいって、何度も頭を過るよ」

言いづらそうな声を聞き、蒼生の顔を窺う。

「どうしてそんな歯切れが悪い感じに言うの？」

「なんていうか……それは俺が決めていいことじゃないと思っていたから」

蒼生は視線を逸らし、ぼそっとそうこぼした。

そうだった。蒼生はいつでも私の視点でものごとを見て考えてくれる人だった。今回も、自分の感情は二の次で私のことを優先して……。

今度は私が蒼生の顔に両手を添え、強引にこちらを向かせる。

「蒼生っていつも我慢してない？　してるよね。私に気を使ってばっかりで。そういうの、言ってほしい時もあるよ」

私が子どもで頼りなかったというのを棚に上げて、蒼生に忠告する。

どれだけ自分勝手かと心の中で失笑しつつも、どうしても蒼生には壁を作ってほしくないから伝えた。

それすらも、ずっと心に壁を作ってきた私が言えることではないのだけれど。

「んー、我慢ってわけでも……」

「家族のことは、ふたりで話し合って決めようよ」

私の中の壁を壊してくれたのが蒼生だから、蒼生には本音を伝えられる。

ひとり真剣に熱く思いをぶつけたら、蒼生は「ふ」と笑って表情を緩めた。

「そうだな、ごめん」

そうして私の両手を包み込み、額をゆっくり合わせ、瞼を下ろす。

「夏純がそばにいてくれたら十分だっていうのは嘘じゃないけど……いつか俺たちの子どもに出会えるその日が来るのを心待ちにしてる」

おもむろに額が離れ、綺麗に生え揃った睫毛が上を向いていくのを近距離で見つめる。蒼生のガラス玉みたいな瞳が露わになった瞬間、唇を奪われた。

数秒後、ゆっくり距離を戻してから、はたと気づく。

「あ……。せっかく星を見に来たのに、私ってば蒼生ばっかり見てる」

満天の星に背を向けている自分を客観的に想像して、その滑稽さに苦笑いする。

すると、蒼生は私の頭を引き寄せ、またも口づけて言った。

「いいね。そのままずっと、俺だけ見ててよ」

そうして、再びキスを交わす。

私たちを見下ろす空に数多の流れ星があることに気づいたのは、少しあとのことだった。

＊　＊　＊

数年後――。

勤務を終えた私は、空港ロビーを歩く。

いつもは駅へまっしぐら……だけど、今日は別方向へ。

結婚前、蒼生にここへ連れて来られた日を思い返しながらその道を辿っていく。最後にエスカレーターを上りきったところで、ひと際スタイルのいい男性の姿を見つけ、迷わず小走りで向かった。

「お待たせ。ちょっと遅くなっちゃった。ごめんね」

待ち合わせていたのは蒼生だ。

あれから蒼生は、副操縦士から機長へとキャリアアップしていた。以前にもまして頼もしさや安心感を抱かせるような、私にとってさらに大きな存在となっている。

そんな蒼生は、昨日から一週間の夏休み。ちなみに私は夜勤明けで、同様にこのあと連休をもらっている。

「お疲れ様。体調は？　本当に平気？」

「大丈夫だよ。機内で寝てたらちょうどいいかも。時差とか」

「旅行初日まで勤務するなんて、働き者を通り越して心配になる」

今蒼生が言った通り、私たちはこれからここ成田空港から出発する予定。

明日の便でもいいのではと蒼生には言われていたけれど、せっかくの夏休みを一日でも無駄にしたくなくて、私が強行プランを押し切った形だ。

「健康が取り柄の私だよ。それに、職場では医療のプロたちに囲まれてるわけだし、そこまで心配しなくても」

蒼生の腕を軽く叩き、笑って見せた。が、蒼生のなにか言いたげな表情を見て我に返る。

「やっぱりごめん。今のなし。心配かけてごめんね。ありがとう。でも、本当に大丈夫。ここでの仕事楽しいの」

きゅっと手を握り、切実な思いでそう伝えた。

蒼生がパイロットとして勤務してもう十年以上になるけれど、やっぱり今でもふとした時に心配や不安が襲ってくる。

きっと、蒼生も私と同じ思いで気にかけてくれている。そういう気持ちを蔑ろにしてはいけない。

「それはわかってるよ。でも、仕事に家事に……育児までって、相当ハードだから」

「でも、きちんと休んでるし、無理はしないから心配しないで。ところでふたりは？」

「あっち」

蒼生が示した方に、一生懸命窓の向こうを眺めている小さな後ろ姿を見つけ、思わず駆け寄った。

「翼《つばさ》、優《ゆう》～！」

「あ、お母さん！」

瞬時にこちらを振り返り、愛らしい笑顔を見せてくれたのは私と蒼生の子どもたち。

長男の翼は今年小学校一年生になる、しっかりものでやさしい、蒼生にそっくりな子だ。そして、翼が手を繋いでいた三歳の優は、まだまだ甘えたい盛りの女の子。

「ままぁ！」

「ただいま。ふたりとも、きちんと早起きできたのね。えらいえらい」

「翼が優の着替えやらなにやら、手伝ってくれたから助かったんだ」

後ろから蒼生が言うと、翼は面映ゆそうにちょっと俯く。

「そっか。いつもありがとう、翼」

翼を正面から抱きしめる。

二度の出産を経てもなお、私がここ成田空港で仕事ができているのは、職場や保育園のおかげでもあるけれど、一番は家族の協力があってこそだ。

蒼生は相変わらず月の半分はいないけれど、家にいる時は育児どころか家事や私を労わるところまで気遣ってくれている。

そして、普段はどうしても長子である翼には甘えてしまう場面が多くて、申し訳ない気持ちになる。だから、その分たくさん感謝を伝えて、こうして休みの日にはとびきり甘やかしてあげたいと思っている。

翼をハグしていたら、優が甲高い声をあげて足に絡みついてきた。

「ユウも！　ユウもー！」

「うんうん。優もね」

そうして優をぎゅっと抱きしめ、そのまま抱っこした。

蒼生が腕時計に目を落とし、口を開く。

「先に出国審査まで済ませておくか」

「うん。ね、みんな楽しみだね～。アメリカにいる、じいじとばあばに会えるよ～」

「楽しみ！」

「たのしー！」

翼と優の明るい声を聞き、私は蒼生と顔を見合わせて笑い合った。

蒼生が気を使って私から優を引き受けてくれた瞬間、窓の向こう側から聞こえるエンジンの音に誘われ、自然と目がいく。

「やっぱり飛行機ってすごいよね。地球の裏側にだって連れて行ってくれるんだもん」

「いくつになってもワクワクする？」

雲を突き抜け、青空の上を飛ぶあの景色が待ち遠しい。

幼い時に感じた高揚感は、どれだけ年月が経っても変わらないと思う。

「する！」

私は子どもさながらに満面の笑みで答える。

すると、蒼生もまた童心に返ったように、柔らかな表情を浮かべていた。

おわり

あとがき

このたびは、こちらの作品にお付き合いくださいまして、誠にありがとうございました。

盲目的にヒロインを溺愛するヒーローを書きたくて、今作を手がけました。いかがでしたでしょうか。

日常でなにげなくある〝もの〟だったり、〝会話〟だったり。それらが、特別な人が関わった途端、特別に変わることってあるのではないかな?と、私は思うのです。

たとえば蒼生なら、夏純がなにげなく話した『パイロットに向いてる』のひとことで将来を決め、日常の中で彼女からもらった『ほたる玉のストラップ』が十何年経っても大切なお守りになる、そんな感じです。

となると、特別な人が多ければ多いほど、日常に〝特別〟が溢れて、宝箱みたいな日々を送れるのかもしれませんね。考えただけで素敵です。

実は私は物語を考える時、そのひとつひとつの作品の〝特別〟を織り込むようにしています。なにかひとつでも心に残るエピソードを……と。

今作のふたりも、ふたりだけの物語になったのではないかと思っております。

まあ、それが毎回苦戦するところでもあるのですが、キャラクターにピタッとはまった瞬間は、とっても気持ちがいいです。パズルのピースがはまる感覚です！

今回のお話も、お読みくださった方々それぞれに、どこかしら印象に残るシーンがありますように。

そして、またどこかで皆様にお会いできますように、切に願っております。

宇佐木《うさぎ》

宇佐木先生への
ファンレターのあて先

〒104-0031
東京都中央区京橋1-3-1
八重洲口大栄ビル7F
スターツ出版株式会社　書籍編集部　気付

宇佐木先生

本書へのご意見をお聞かせください

お買い上げいただき、ありがとうございます。
今後の編集の参考にさせていただきますので、
アンケートにお答えいただければ幸いです。

下記URLまたはQRコードから
アンケートページへお入りください。
https://www.berrys-cafe.jp/static/etc/bb

この物語はフィクションであり、
実在の人物・団体等には一切関係ありません。
本書の無断複写・転載を禁じます。

孤高のパイロットに純愛を貫かれる熱情婚
～20年越しの独占欲が溢れて～

2023年10月10日　初版第1刷発行

著　者　宇佐木

発行人　菊地修一
デザイン　カバー　ナルティス
フォーマット　hive & co.,ltd.
校　正　株式会社鷗来堂
発行所　スターツ出版株式会社
〒104-0031
東京都中央区京橋1-3-1　八重洲口大栄ビル7F
TEL　出版マーケティンググループ　03-6202-0386
(ご注文等に関するお問い合わせ)
URL　https://starts-pub.jp/
印刷所　大日本印刷株式会社

Printed in Japan

乱丁・落丁などの不良品はお取替えいたします。
上記出版マーケティンググループまでお問い合わせください。
定価はカバーに記載されています。

ISBN 978-4-8137-1490-3　C0193

ベリーズ文庫　2023年10月発売

『気高き御曹司は新妻を愛し尽くす～悪いが、君は逃がさない～【極上スパダリの執着溺愛シリーズ】』　佐倉《さくら》伊織《いおり》・著

百貨店で働く紗弥のもとに、海外勤務から帰国した御曹司・文哉が突如上司として現れる。なぜか紗弥のことを良く知っていて、仕事中何度も助けてくれる文哉。ある時、過去の恋愛のトラウマを打ち明けたらいきなりプロポーズされて…!?　「諦めろよ、俺の愛は重いから」――溺愛必至の極上執着ストーリー！

ISBN 978-4-8137-1487-3／定価737円（本体670円＋税10%）

『内緒で三つ子を産んだのに、クールな御曹司の最愛につかまりました【憧れシンデレラシリーズ】』　宝月《ほうづき》なごみ・著

真面目な真智は三つ子のシングルマザー。仕事に追われながらも子育てに励んでいた。ある日、3年前に契約結婚を交わした龍一が、海外赴任から帰国すると真智を迎えに来て…!?　すれ違いから一方的に彼に別れを告げ、密かに出産した真智。ひとりで育てると決めたのに彼の一途で熱烈な愛に甘く溶かされ…。

ISBN 978-4-8137-1488-0／定価726円（本体660円＋税10%）

『極上御曹司と最愛花嫁の幸せな結婚～余命0年の君を、生涯愛し抜く～』　伊月《いづき》ジュイ・著

製薬会社で働く星奈は、"患者を救いたい"という強い気持ちを持つ。ある日、社長である祇堂の秘書に抜擢され戸惑うも、彼の敏腕な仕事ぶりに次第に惹かれていく。上司の仮面を外した祇堂は、絶え間ない愛で星奈を包み込んでいくが、実は星奈自身も難病を患っていて――。溺愛溢れる珠玉のラブストーリー！

ISBN 978-4-8137-1489-7／定価748円（本体680円＋税10%）

『孤高のパイロットに純愛を貫かれる熱情婚～20年越しの独占欲が溢れて～』　宇佐木《うさぎ》・著

看護師の夏純は、最近わけあって幼馴染のパイロット・蒼生と顔を合わせる機会が多い。密かに恋心を抱いているが、今更関係が進展する様子はなく諦め気味。ところが、ある出来事をきっかけに蒼生の独占欲が爆発！　「もう理性を抑えられない」――溺愛全開で囲われ、蕩けるほど甘い新婚生活が始まって…!?

ISBN 978-4-8137-1490-3／定価726円（本体660円＋税10%）

『冷徹御曹司は想い続けた傷心部下を激愛で囲って離さない』　彼方《かなた》紗夜《さや》・著

恋人に浮気され傷心中のあさひ。ある日酔っぱらった勢いで「鋼鉄の男」と呼ばれる冷徹上司・凌士に失恋したことを吐露してしまう。一夜の出来事かと思いきや、その日を境に凌士は蕩けるように甘く接してきて…!?　「君が欲しい」――加速する彼の溺愛猛攻と熱を孕んだ独占欲にあさひは身も心も乱されて…。

ISBN 978-4-8137-1491-0／定価726円（本体660円＋税10%）

ベリーズ文庫 2023年10月発売

『もふもふ聖獣と今度こそ幸せになりたいのに、私を殺した王太子が溺愛MAXで迫ってきます』 やきいもほくほく・著

神獣に気に入られた男爵令嬢のフランチェスカは、王太子・レオナルドの婚約者となる。根拠のない噂でいつしか悪女と呼ばれ、ついには彼に殺され人生の幕を閉じた——はずが、気づいたら時間が巻き戻っていた！　今度こそもふもふ聖獣と幸せになりたいのに、なぜか彼女を殺した王太子の溺愛が始まって!?

ISBN 978-4-8137-1492-7／定価726円（本体660円＋税10%）

ベリーズ文庫 2023年11月発売予定

Now Printing

『タイトル未定（外科医×シークレットベビー）【極上スパダリの執着溺愛シリーズ】』 にしのムラサキ・著

使用人の娘・茉由里と大病院の御曹司・宏輝は婚約中。幸せ絶頂の中、彼の政略結婚を望む彼の母に別れを懇願され、茉由里は彼の未来のために姿を消すことを決意。しかしその直後、妊娠が発覚。密かに産み育てていたはずが…。「ずっと君だけを愛してる」――茉由里を探し出した宏輝の猛溺愛が止まらなくて…!?

ISBN 978-4-8137-1499-6／予価660円（本体600円＋税10%）

Now Printing

『旦那さまはエリート警視正』 滝井《たきい》みらん・著

図書館司書の莉乃は、知人の提案を断れずエリート警視正・柊吾とお見合いすることに。彼も結婚を本気で考えていないと思っていたのに、まさかの契約結婚を提案される！ 同居が始まると、紳士だったはずの柊吾が俺様に豹変して…!? 「俺しか見るな」――独占欲全開な彼の猛溺愛に溶かし尽くされ…。

ISBN 978-4-8137-1500-9／予価660円（本体600円＋税10%）

Now Printing

『再恋愛 ～元・夫と恋していいですか？～』 高田《たかだ》ちさき・著

IT会社で働くOLの琴葉は、ある日新社長の補佐役に抜擢される。彼女の前に新社長として現れたのは、４年前に離婚した元夫・玲司だった。とある事情から、旧財閥の御曹司の彼に迷惑をかけまいと琴葉は身を引いた。それなのに、「俺の妻は、生涯で君しかいない」と一途すぎる溺愛猛攻がはじまって…!?

ISBN 978-4-8137-1501-6／予価660円（本体600円＋税10%）

Now Printing

『タイトル未定（御曹司×お見合い契約婚）』 吉澤《よしざわ》紗《さ》矢《や》・著

カフェ店員の花穂は、過去のトラウマが原因で男性が苦手。しかし、父親から見合いを強要され困っていた。断りきれず顔合わせの場に行くと、そこにいたのは常連客である大手企業の御曹司・響一で…!? 彼の提案で偽装結婚することになった花穂。すると、予想外の甘い独占欲に蕩かされる日々が始まって…!?

ISBN 978-4-8137-1502-3／予価660円（本体600円＋税10%）

Now Printing

『運命の恋』 立花《たちばな》実《み》咲《さき》・著

失恋から立ち直れずにいた澄香は、花見に参加した帰り道、理想的な紳士と出会う。彼との再会を夢見ていた矢先、勤務する大手商社の御曹司・伊吹から突然プロポーズされて…!? 「君はただ俺に溺れればいい」――理想と違うはずなのに、甘く獰猛な彼からの溺愛必至な猛アプローチに澄香の心は揺れ動き…。

ISBN 978-4-8137-1503-0／予価660円（本体600円＋税10%）

タイトル、価格等は変更になることがございますのでご了承ください。